一条名叫幻灭的鱼

张小意 著

译林出版社

目　录

谁此时没有房子，就不必建造，
谁此时孤独，就永远孤独，
就醒来，读书，写长长的信，
在林荫路上不停地
徘徊，落叶纷飞。
——里尔克《秋日》

——谨以里尔克此诗，
此书，
献给青春，以及青春的朋友们。

再见壁虎

这个夏天，家里的壁虎越来越多。也许是从院子后头的树林里爬出来的，有一些肯定是的，它们长得如同苔藓一般，要是趴在树干上或者贴着墙沿不动，根本就发现不了它们。还有一些也许原本也住附近，身上有淡红或是深黄的斑纹，体形略微小，躲藏在沙发、地毯的角落里，人一走动便倏地溜了出来。总之，出差回来，也许是因为天气热了的缘故，他突然觉察到家里壁虎无处不在，仿佛随时随地一抬头，冷不丁就看见它们趴在窗户上、天花板上、墙壁上，也或许隐藏在沙发缝隙里游走穿梭。为此，他只好给整座房子配了一整套更为严密的纱门纱窗，欠了大半月的工资，工人说这几天要来安装。

房子是去年深秋买的，他们第一回在这里头度夏。三间卧室的平房，外加大小相当的地下室，一家三口住挺合适。更何况，他们只花了很少的钱。前一任主人说，他买的时候年久失修，价格简直相当于白送，他那时候刚结婚，爱做木匠活，自己花了一番心血修整打理，现在离了婚要回温哥华去，只能三文不值二文地卖掉。

他们惊喜交加，没多费唇舌，当场就定了下来。对口袋里并没有多少钱，却急于安定下来的他们来说，顺当地买到这房子意义深长，仿佛他们不可见的、沉甸甸的未来拨开了云雾，透出一丝光来，一下就见到了地面。

他们很快就搬了进来。楼上生活，楼下书房，他们相信就此宁静致远，一望无际，如这座房子背倚的缓缓的小山坡。后院与一片漫长的树林相接，坐在后门的台阶上望出去，种种绿色深不可测、无法辨析。他们并不精于手艺，谁也不会做果酱，整个冬天长了黑斑的苹果堆满了客厅的地板，没有超市的卖相，不过吃起来还是清香爽口。

在还没搬进来的时候，他们想得很美，傍晚或者清晨去树林散步，然而真的搬了，其实没去过几次。唯有女儿闹着要去玩的时候才拖拖拉拉出门。对他们而言，每回所见没什么不同，无非干涸的溪流边横七竖八地躺了水獭咬断的树干。女儿总是想去找水獭的家，他们实在是提不起兴趣跟在她身边东钻西窜，忍受枯枝、烂泥和严寒。

寒冷的冬天过去，连着两个学期他每星期四天要上三门不同的课，外加必须写论文，生活的压力令他简直没法睡觉。

春季仿佛只是个刹那，夏季已然悄悄降临。短短的两三季，房子似乎已经被不请而至的壁虎全面占领了。他简直没办法明白，哪里能有这么多的壁虎，好像每回开门都有一两只从纱门下溜进来似的。

壁虎也有好处。自从有了壁虎，女儿放学回家以后，不再缠着他讲故事，也不再操起棍子就去试玻璃有多硬，也没用油漆和松节油在屋里刷刷刷了。她一心一意地想着壁虎，一个人也能玩得很快活——然而讨厌的是，她总是拿着把小刀，刀起刀落地砍掉壁虎的脑袋，有一次还把残尸用竹片串起来挂到走廊上。他只好时时机警地听着她的动静，生怕她杀心大起。

太太不如女儿这么享受壁虎的陪伴。今天凌晨的时候，他正绞尽脑汁地想论文，头顶咚咚的脚步声简直像敲他的脑袋，紧接着是咣咣作响的楼梯，太太赤着脚从卧室一路逃来，跑到储藏间拿着手电晃过来荡过去，刺眼的光芒从他的头顶闪落脚底，整个屋子的东西都沿着墙飞奔，他再也想不起来自己要写的是什么了。

在她上班后，他补了一会儿觉，醒来时天色已经大亮，昏头昏脑地去煮咖啡，一个念头忽然冒了出来。也许可以趁太太上班、女儿也在幼儿园的时候，花一天时间好好地清理房子，在工人装纱窗、纱门以前先把能赶走的壁虎都赶走。劳动也是休息，就这样吧。这几个夜晚他留意到地下室也有许多壁虎。它们在贴着地平线的窗户上爬动，仿佛热切地在找寻屋内的微光，甚至有时他翻动书架，还能从不知哪里钻出一只来。在楼上，他曾亲眼看到壁虎从门窗边缘钻进屋来，然而地下室的壁虎又从哪里来的？会从楼上爬下来吗？他感到有点蹊跷。

他拿着捕虫的网，从储藏间的角落开始翻起。

旧物仿如心事，要收拾清楚永远也不可能。这话太太什么时候、为什么说的，他记不清楚了。也许是从纽约搬去台北时，也有可能是从台北搬到西雅图的时候。反正每一次搬家都是一样的，收拾、抛弃、归整、重生，她会依依不舍，而他通常不以为然。

他不以为然地拎出一个灰扑扑的纸袋，他记得这个纸袋，里面是台北的学生送的一些告别礼物——没想到还在。他将纸袋中的东西倒在地上，装在透明瓶子里的纸星星，竹片风铃，一个透明的塑料杯夹层里是有每个学生签名的纸……还有！一枚混合了血色的黄石头，刻了他的名字。当然，他当然记得是谁擅长篆刻，也记得这份礼物是如何塞进纸袋，混在了学生群里。

停车，从车库直接去自己的房间，每对情人都有自己的通道，不会遇见任何其他人。他之前从来没有见过这样的布局，之后也没见过。只有在台北。他下车时拎着纸袋，后来又拎着下楼上了车。纸袋里添了这份礼物。

手心的石头不那么冷了，带了他的体温。

两年多了，他甚至从没有仔细看过这份礼物。他找来一张纸，拿了一小筒还没彻底干掉的红油漆，加点松节油，小心地蘸了蘸，印在纸上。

费瑞恩，还有花体的英文绕着这几个中文字，一串花环。

他没想到她是这么刻的——其实他根本没想过她是怎么刻的。他甚至都想不起来她有没有叫过他的名字。如果叫过的话，她是怎么叫的呢？他把章塞进抽屉。这么多壁虎，不是一天能解决的。至少让太太晚上好好睡觉。他拿着捕虫网上了楼。

他翻起屋角的地毯，什么也没有。再用吸尘器吸床底和衣柜底，只有薄薄的灰。体胖气虚，他蹲了没一会儿就累了，撑着站起来的时候，一眼看见床头柜上有一个透明的小瓶子。装注射剂的瓶子，横倒在台灯座上，瓶底还有一缕纤细的橙黄。

他拿起来瞅瞅，没有字，几排白线，顶端标注 0.3ml。

0.3ml 什么？他疑惑地嗅了嗅。没有气味。把瓶子放回台灯上，他打算去查看女儿的房间。

等一下。刚伸手想拧开女儿的房门，他又觉得有些不对。

一个星期以前，刚刚从北京出差回来，他就发现有些不对——到底什么不对？他索性放下了吸尘器，回到卧室拿起那个小瓶子，对着光仔细地打量。

暴烈的阳光穿过透明的瓶身，一缕缕炫目的光折向四面八方。他眼睛看花了。

到底是什么不对？

没什么不对。在北京的半个月，他每隔两天和太太通个邮件，一周给女儿打一个电话。到家时一切如旧，她早上送女儿去幼儿园，他负责下午到晚上九点前的照管。甚为难得的是，她喜欢她的工作。说这话时，他总是忍不住抽抽鼻子。反正，她说，这些年跟着他从纽约到台北，再到西雅图，她从来没找到过这么像样的工作。

匹配她的智力。她是这个意思吗？她怀念中国大陆，在那儿她至少是中学的英语老师。后来她跟着哥哥来到美国，很快陷入了一无所长的窘迫之中。正是那段时间，在夜校他们碰到了。他们恋爱，而后顺理成章结婚。

她说，她一直对他心怀感激。刚谈恋爱时，她是这么说的，在最悲苦的日子，我幸运地遇见了你。彼时他也会激动地回答，你给了我救你的机会，我要谢谢你。婚后，他也曾温情脉脉地说过，我们的相遇是上帝给的礼物。后来，女儿出生了，他们对生活的耐心渐渐殆尽，有一天他突然改了口，你应该感谢好在还有我来拯救你。

她愣了愣，若有所思地咬着牙，一字一顿地说，你说得对，谢谢。

她再也不感叹他们的相遇是个奇迹了。确实不是。他这么认为。

有时他也会想，用不着这么刻薄。然而再次争执他照旧反唇相讥：难道我不是你的救星吗？

后来他们再也不吵架了。

我是你的救星。听起来多么荒唐。年轻的时候，他也并没有好到哪里去。从硕士读到博士，前前后后六年，他们都一无所有，对生活不仅仅有耐心，还有仿佛用不完的热情，她还教过他中文。

之前她有过零散的无数工作，店里站过柜台，替人家看过孩子，接过服务电话，即便年轻的时候，对这样的工作她也是不满的。有了女儿之后，则是更多的抱怨。搬家似乎是个转运的信号，她得到了一份能让她自己高兴的工作——她以为，这是她唯一得到的智力型工作。沦落多年之后，她的才智终于得到了与之匹配的重视。

看着她兴高采烈地进进出出，他感到些许的沉重。她原本是一个相信自己的才华在祖国得不到充分施展的美妙女郎，如今总是蓬头垢面，因为一家普普通通的内衣公司让她管理销售数据库，她就兴奋不已。

本来，他们是这样打算的——他博士毕业，她生孩子。没料到他没得到美国的教职，草草兼了几次课，接受了台北的临时教职，两年之后才得以来到西雅图。他要花七八年的时间把助理教职变成终身教职，他感觉自己活得像一块砧板上的肥肉，任何一个终身教授都可以随便剁剁他。他渐渐感到自己直喘粗气、声嘶力竭——是内心那个小小的自己渐渐血肉模糊起来——脸上的那个自己，还是努力睁大了眼睛，保持笑意。

他狼狈不堪。而她得到了成就感。她干得热火朝天，欢喜异常；他冷眼旁观，甚至有些说不出口的愤怒——也许是被忽略，也许并非被忽略，他们之所以还在一起恐怕就是因为从来不曾忽略过对方，也许他们的敌意将他们更紧密地联系在一起。她故意有了成就感，于是他就承担更多家庭责任，他越发地感到自己分身无术，未来变得岌岌可危、如履薄冰——然而，他每个月的薪水也只有近四千，对需要安定生活的一家三口来说，确实颇为勉强。

没什么不对。她一早去上班绕个圈子送女儿，他不上课的时候她开车。他上课的时候，她就坐公交车。下午他把女儿接回来，一直陪她到上床时间。等她下班回来，不管神情疲惫，还是精神奕奕，总之吻吻女儿就急急忙忙地把一早搁在外头的鱼或者是牛肉的包装剥了，塞进烤箱。

饭菜也如生活一般乏味。她心不在焉地糊弄。总是这几样，烤鱼或者烤牛肉，培根炒甘蓝，再加个西红柿鸡蛋汤。他们偶尔也去中国超市买韭菜包回饺子，煮煮青菜鸡蛋面，拌拌黄瓜。不过，韭菜、青菜、黄瓜很贵，只是偶尔。有一回实在受不了了，他邀请她们母女两人去吃非洲菜，她断然拒绝，说她觉得家里吃挺好。后来他们冰箱里堆满了现成的比萨饼，热热就吃。

吃饭的时候，他们沉默寡言。这也谈不上反常。谁家有个五岁的孩子爬上爬下、叽叽喳喳，大人还能有机会聊自己的话题呢？

然而——有什么不对？

饭后，他洗碗，她和孩子玩片刻，然后他辅导功课一直到讲着故事送孩子上床——也许隐隐让他感到异常的，就是中间那个时段。以往他会听到，或者说是感觉到，她们两人看动画片、读书、聊天、尖叫或者玩健身球，混合着种种杂音，女儿滚动、跑动，楼板轻轻震动，诸如此类。总之，随便做什么，多少都有动静。然而最近，不对。

她们去散步。偶尔也能听到些许响动，感觉到有人存在。大部分时候，安静得只有他和时间在屋内流动。有一回，他看见她们从院子后门进来，两人的头发沾着露水似的潮湿，女儿握着一把悬钩子，太太抓着一把枯干的树枝，两人都脸色绯红。

不过散步又有什么奇怪的？他什么也没问。她们只是把时间表上的饭后消遣换了一项。入了夏，傍晚去树林散步，再也正常不过了。难得妈妈心情好，想陪女儿去看看河狸，顺便采些枝叶回来往花瓶里插，有什么不对？

真的没什么不对？

他把小瓶子塞进裤袋，决定去后院看看。

所谓的后院，是之前的房主将房子与山林斜坡之间的一大片空地都开垦了，一小片菜地种了卷心菜、豆角、菜豆，够平常的生活所需，尽头搭了间小棚屋，从里头拉出水管来，还特意让一排苹果树长成了棚屋的栅栏。

也就是刚搬进来的时候收拾，后来他好像就没来过这里。刚开始，他们找过一个园丁帮他们打理，而后他觉得这地方就是太太的了，和他并无什么关系。所以走在蜿蜒的泥土小径上，他感到格外的陌生——偷偷入侵的感觉让他颇为不适。

太太本来说要种花，自然，也就是说说而已。她什么也没种过，菜地都越来越荒。不知道什么菜结了几朵淡黄花色的小花，花瓣皱皱巴巴地枯了，沮丧地耷拉在支架上。不知道什么小虫子在眼前盘旋，嗡嗡嗡嗡，嗡嗡嗡嗡，有一会儿他简直没法睁开眼睛。

在棚屋他有所发现。

瓶子。装黄色液体的瓶子。这里更多，有各种尺寸的小瓶子，大大小小的都还没用过，搁在泡沫盒子里。

木板架上堆放的竹片有火烤过的痕迹。他拿起来翻了两下，有些他看不出是什么的污迹。女儿串壁虎的竹片。

一把生了锈的剪刀，想要拉开都有点困难。一个塑料盆。一大瓶已经用了一半的氯胺。一扎剪得整整齐齐、长短相当的麻绳系在挂钩上。

地上扔了一个木筒。木筒，对的，出差回来他上台阶的时候，在门廊底下见过一个一样的。他问过干什么用的。太太当时说，做中药。

他捡起来闻了闻。这是什么味道？并不是氯胺，氯胺没气味。他放下木筒，用力地呼吸。也许不是木筒，是棚屋有一股淡淡的、略为蹊跷的气味，似乎有什么变质了，也可能是清洗剂的味道。

他绕房子半圈，回到了屋前门廊。那个他见过的木筒就搁在窗台上。掀开盖子看了看，空的，没东西，也没味道。什么都没有。

这天晚上他洗碗的时候故意磨磨蹭蹭，竖着耳朵听隔壁房间的动静。

女儿在地毯上摊了一张白纸，叫太太把手按在上面，绕着她的手画线。这是个日常游戏，今天画只手，明天画只脚，要是有大纸箱，还可以画一群小人，涂着奇怪的颜色。走廊的墙上到处贴的都是女儿的艺术作品——全家人奇形怪状的身体部件。

他实在是将水池擦得非常干净了，即使在楼下，他也没能安心地准备晚上的功课，桌面上摊开的一本本书仿佛都是天外来客，他无心收拾，耳朵专注地听着楼上。

但楼上根本没有动静，笑叫、滚爬、奔跑、电视声、朗读都没有。在他书桌前的窗玻璃上，两只壁虎亮着白嫩的肚皮，简直是铁了心的信任。

他用笔尖敲敲玻璃。它们立刻便消失了。

大约半个钟头，差不多就要到他接管女儿的时间了。不知道为什么，他上台阶的时候居然是蹑手蹑脚。好像是深夜。

最近半年的深夜时分，或许说凌晨，太太睡着了，他便蹑手蹑脚地上楼，掩上门，开车出去。

开车出去。先去载上米妮，而后找一家餐馆吃夜宵——譬如非洲菜。为了安慰自己，他常常带着书吃——对焦虑不堪地米妮抱怨，我还有很多事情没做。他发出呼呼的喘息声，压力很大的样子。

假如没有足够的论文，假如拿不到正式的教职。他没法想象，他的生活如何为继。当然，找下一份工作。当然，听起来很简单。

米妮说，你要上课，要应付学生，还要带孩子，写文章——按说，你应该没时间外遇才对，但你总是外遇，还要保护老婆、孩子不受外遇的伤害。

是的。似乎是的。似乎他永远有强大的动力外遇。从台北的第一个外遇，到如今的米妮——他感到这一回有所不同，然而又像是自我辩解。一到半夜，他便主动地飞奔而来，送冰激凌，送巧克力，送香水熊，送漫画书，带她一起去吃夜宵——她借住在朋友夫妇家，房间紧紧挨着，他们做爱的机会只有下午，她的朋友夫妇上班的时候。有时他下课后会绕到她的住处，盘桓一两个小时再赶紧去接女儿。

机会太少。他想。然而冲动还是催促着他、逼迫着他往她的方向冲去。冲动指向哪里，他就跟到哪里。

来不及思量。他看着米妮清醒的模样。她似乎总是在试图保持自己的清醒，她坚定地说，我要你，是因为要恋爱的感觉。

感觉。恋爱的感觉。也许吧。反正，他们的关系就是这么顺水推舟。他糊涂，她好似清醒。他假装自己没有负累，她声称这是一场质地纯正的恋爱。

恋爱。他带着她光明正大地四处游走。学校的咖啡馆或许有自己的学生，他还是把自己吃了一半的冰激凌递给米妮，喂她一口。米妮瞪大眼睛，难以置信地看着他，犹豫不决地吃了。

疯狂。也许真的是疯了。一切都令他茫然。他不知道自己在做什么，也不知道会有什么后果——也许是不想知道。他越发糊涂，仿佛并不在现在，也没有未来。他置身于一层印花玻璃之中，看到世界的一切都不甚清晰。

说起来，他一切都没有错过。生活之粗糙、细节之烦琐，以及由此而来的种种感受，无论是冷漠、痛苦、孤独、倾泻、窒息，还是快感、愉悦、亢奋、癫狂。然而一切混合起来，直将他拽得身不由己地旋转，勉强存于他脑海的，只是空洞洞、不能思索的激动，一连串的动作一旦停止，他便微妙地觉察自己不知所措，而又无动于衷。

有天晚上，为送米妮参加一个餐会，他借口回学校拿几本书，太太叫他早去早回，说要用车去健身。米妮上车的时候一股烟味。他突然急躁起来，叫她立刻下车。大概是看到他的表情，米妮一言不发地下了车。车外零下三十度，积雪有她半个人高，她跺着脚裹了裹厚厚的围巾，转了一圈背对着他。他放缓了语调，轻柔地叫她上车，她在车上沉默了一路，看着窗外。一直都是笔直的公路，路边昏沉的灯，灯下的积雪只是短短的一点点白，接着便是黑压压的一片。

他说快到了。她才压着嗓子开口——你简直是个幼儿，除开有个博士学位，因此会说几国语言，懂得什么是好话，擅长写点情书，当然，床上表现也不错。其他价值，你都没有。

也许你说得对。他耸肩。她也耸肩，而后下车。隔着栅栏，他看见有人在窗口向她招手，她的脚步欢快——他调头，赶紧回家。

然而那天晚上太太没出去。第二天一早，太太送女儿去幼儿园，女儿拿起后座的围巾问，妈妈，你的?

太太拿着围巾问他。他认出来是米妮的。好在围巾的样子粗犷。他说，呃，一个同事，顺路送了一段，也许是他的。太太没有再问。

米妮接过围巾，狐疑地看着他，哎，这是前男友的礼物呢。如果不是你气的，我不至于忘记。没麻烦吧?没麻烦就好。

没麻烦就好。他在楼上看见女儿和她妈妈在沙发上睡着了。

他一无所获地回到地下室，坐到书桌前，盯着面前摊开的几本书。

棚屋，竹片，氯胺，瓶子，壁虎……奇怪的谜面。

他们恋爱一年，结婚八年，关系一直融洽。不过女儿出生没多久，他们的关系便急转直下。并非因为彼此忽略，更多的也许是因为他们丝毫也没打算忽略对方，一个有着无穷无尽需求的生命陡然降临，他们互相抱怨、指责、大发雷霆，有好几次，太太直接将杯子砸到他脸上。

大概就是始自女儿出生的那年，原本相信爱情无坚不摧的他，不容分说地被无力感抓住，再也没法脱身。他也没时间为自己伤感，无力感也没时间，索性不假思索地将他反抗的念头拔除，一气呵成。

开始他只是个代课老师，一边经济拮据，一边开销猛进，他睡不着的时候就把时间花在了网上。和一个虚拟的女人谈笑调情，生活中死去的东西好像一点点能活过来似的。

后来，他得到了台北的工作，没到三个月，他有了第一次外遇，一个网友。那时候，他和太太并非像如今这样在一套房内分居，但差不多也等于是分居。

第一次。那上下奔走、无尽扩散的暖流令他颤抖。

这段日子，他和太太还在力图修补两人之间的关系。他们一而再再而三地谈话，回想当初，两人常常激动不已，然而看到现实，便长吁短叹。他们仍旧发誓要守候一生。

头一回的外遇。自然，就这样，当然只能这样。他收到了一件告别的礼物。

那个台北姑娘有一头浓密、乌亮的长发。她不漂亮，瘦瘦小小，只是拆散了的头发挺漂亮，不过他也只是记得，每回做爱以后，她会将头发拆了重盘，他在旁边等着她。

她没性格。米妮问他的时候，他这么想。

她很平常，不聪明，不漂亮，也没什么脾气。她在一家替黑社会洗钱的事务所做会计，她说自己的生活无聊，工作、吃饭、睡觉、看电视，她觉得这样的生活没什么不好。他们每礼拜开两次房，对这件事儿既勤奋又认真，然而从未有过什么深入的交谈。

他还记得那些个光线被窗帘挡在外头的昏昏沉沉的午后，身体的激烈而后静默的片刻，但并不太清晰。一场小憩，消失的疲惫与倦怠，倒不如抽屉里的那枚印章来得利落、清楚。

米妮，你才有性格。他这么说的时候，是诚实的。

米妮是个画家，直率又真诚。她对美有偏执的追求。她认为他渐渐肥厚的肚子简直是不堪入目——她说，看了就没法高潮。

太太第一次发现他出轨，是到了西雅图以后。

那也是个网友。一个结婚很早，三十一岁就有两个孩子的荷兰女人。他们都很饥渴，第一次在网上聊了几句，便约着一起溜出去了。他们相见甚欢。她棕发碧眼，身材丰润，他高大英俊，知识渊博。很快他们就开始定期约会。他们都有房子，她是居家太太，丈夫要上班，孩子也要上学。他也一样。或者也可以去开房。有段时间，他们的来往相当频繁狂野。

所以两个月就发现了。也许是浴室梳子缠着的棕发，或者是偶然滴下的浴液，不过在发现一枚陌生发卡之前，太太一直没有确认。发现后就疯了，她不让他睡觉，一定要谈谈，激烈的时候她说她想全家一起死，然后她仿佛完全忘记了这几年的性冷淡，非要狂热地做爱不可，然而刚刚温存起来，她又警觉地跳了起来，说着分居吧分居吧，这回我们该彻底分居了。

他们反复争吵，荷兰女朋友有日子没得到他的音讯，以为自己被抛弃了，带了一壶热咖啡来按门铃。那时候他们的房子还是租的，是城中心的一处公寓。门铃响，他以为是电工，毫无防备地开了门，一片喷着热气和香味的咖啡迎面泼来，落了他一身，烫得他哇哇乱叫——幸好，她还没往他脸上浇。

她的一儿一女，一个三岁，一个五岁，眼巴巴地站在门口，看着他们的母亲扔下咖啡壶就往屋里冲，齐声地尖叫。

她没来得及冲到他太太面前，便被他拽着扔了出去。

不过，太太在客厅里看到了这眼花缭乱的一幕幕快动作。她跑回卧室，想和女儿一起藏起来。

他打电话叫管理员把她们送走。管理员来了，她们就真的走了，再也没有来过。这意外的沉默甚至让他战战兢兢，他怀疑不是真的。

她确实没有再来。来的是她丈夫。

之后半个月，她丈夫半夜时分打电话给他，干脆地咆哮了几句，夹杂了一连串的脏词：“你睡了我的女人，就得付代价。”“我刀都磨好了，赶紧把你老婆和女儿藏起来，哪天她们万一被强奸了，你不会像干我老婆时那么痛快吧。”……

他吓得哆嗦。真的哆嗦。他想起上学的时候，因为成绩优秀，身体羸弱的他被那些头脑简单、四肢发达的大个子男生一次次威胁、勒索、痛揍的时候。他以为自己是无辜的，他想咆哮。而这一回，他似乎并不无辜。

我是个失败者。我只是以为自己聪明。他对米妮说。

米妮以一种诙谐的眼神瞅着他，哧哧笑了。

那你怎么办的？米妮问。

怎么办呢？一场噩梦。他一夜不眠，一早就跟在母女二人后头，把女儿送进了幼儿园，路上小心翼翼地告诉太太，是这样，是这样。他不敢抬起眼睛，说得断断续续，然而太太听明白了，她也不看他，怔怔地看了前方片刻：“我请假，也许咱们得谈谈。”

谈话的结果是，他们又一起去了三个警局。幼儿园附近的，大学附近的，公寓附近的，报案花了一天时间。在第一家警局里，警察听着，似笑非笑地看着他和他太太，咕噜说，这位威胁你的先生的太太，一定和你有性关系的啦。

他没有说话。

警察扬了扬眉毛，哦，你在想……没关系，随时想来都可以的。

太太一拧身子，走了。后来的两个警局，她就坐在车里等他，没再进门。

就是因为这个，太太郑重地提出了买房子。她保证原谅他，但是不保证下回还能原谅。她说，你看到了那两个站在门口的孩子。你也伤害了他们。她还说，为了女儿，你也必须洁身自好。

也许太太说得对。

女人都是对的。他错了，却不知道自己怎么改。

他重重地说，我不想伤害太太。她陪了我多年。她和女儿是我在世上最不想伤害的人。我爱她。

米妮眯着眼睛看他，似挖苦，又似理解，说，原来受伤害的还有别人的孩子……真是个伟大女性。中国的伟大女性，嫁给了一位美国的高尚男性，天作之合呢……她的善良攻无不克，你的高尚土崩瓦解。你们可真是奇葩。

平常他颇为欣赏米妮的刻薄，然而这回不喜欢。他现在的问题是全人类的困境，并非中美关系博弈。

但怎么说呢？和她说于事无补。他想。他装作没听到，继续告诉她。

有大半年时间，认识米妮之前，他确实洁身自好，努力地想着维护婚姻。不管有事儿没事儿，天天没话找话说。即使经济窘迫，他们还是在假期把女儿送去了爷爷奶奶家，他们则去度假，号称修补关系。

然而没话找话就是没话找话。刚一说话，已经冷场。每句话之间都隔着山高水长的距离。一个人说了一句话，另一个人便左顾右盼，眼神游离。回来以后，他的书房反正在地下室，他夜夜备课不再上楼。太太心照不宣地并不质疑。他们终局性地分了居，只是这一回，他们不再试图弥补，他们装作根本不需要弥补，他们很恩爱。

真惨，米妮说。好可怜。

楼上的寂静让他坐立不安，他想上楼，但起来又坐下了，好像是头像突然开始闪烁的米妮隔着屏幕伸手拽住了他。

他写了又删除，犹豫片刻终于发出了一条。好吗？

米妮的回复是立刻的。不好也不坏。日子。

他仿佛从中得到了微妙的鼓舞。我给你送冰激凌去。

米妮许久才回答。可笑。

也许。也许。既然你觉得。

肯定了。

我担心你。你心情似乎不好。

不想更糟糕呢。

我挺难过的。

没关系的。你难过一会儿就好了。

晚一点，你愿意我去看你吗？

米妮没有回答。过了一会儿，她的头像暗了。他又等了一会儿，她没再上线。

他是在一家画廊遇见了米妮的。实际上，是他们一家三口遇见了米妮。米妮的朋友开了那家画廊，是他们邀请她来美国，并且住在他们家里。女儿和太太都喜欢米妮，听说米妮住得离他家不远，太太还热情地说，都是中国大陆来的，哪天到家里吃饭吧。他很少听到她邀请谁到家里来。米妮的名片似乎到现在还在客厅的杂物盒里。

而他鬼使神差，第二天直接去了画廊。看到米妮，他居然能毫不犹豫地说出，我特意来看看你。

米妮眼睛一眨也不眨，直直地看着他，讶异渐渐变成了一缕微笑。他也跟着笑了，我知道你不会拒绝我。

是的。她没有拒绝他，她很高兴无聊的生活有个偶尔的伴儿。

那天他的车脏兮兮的。车身到处都是飞溅的泥水，女儿挖土的小铲子扔在副座脚下，后座摊的到处都是废旧报纸、杂志、撕开的包装袋以及用过的卫生纸。米妮略略一愣，随即打趣说，邻居的垃圾你都顺路带走？犹太人果然善于赚钱呀。

他们沿着空荡荡的马路，漫无目的地几乎绕了城市大半圈，他把车停在一处山坡上。那里有片潮湿的林地，还有破损的堤坝，他们坐在堤坝上，他摸着她的头发，顺势将她的脑袋揽在胸前。她抬起头，他扳着她的脸，他们第一次亲吻。

如果他不说我爱你。

可是他觉得不能不说。好似给关系扣上一顶正式的帽子——听到他说爱，米妮欣欣然地笑。而他说分手的次数，也许和说爱一样多。

第一次他为什么提分手呢？对了，因为他的邮件。有几天太太在家值夜班，用的是他的电脑，或许是因为有前车之鉴，或许是早就感觉到猫腻，她翻看他的上网记录，看到了他在网上和数个女人打情骂俏，说些那么下流的话——太太愤怒地吼道。其实已经过去了。他想。那些都是他睡米妮之前的。

他很认真地解释说，调情。我只是苦闷而已。

太太一滴眼泪涌出来，随即转身走了。

咯噔噔，大门吱呀。半夜时分，他又惊又怕，不知道自己要不要去找她，过了一个多钟头，他听到她回来的动静。

他说你我一定要分手。我爱她。我们要好好生活，修补我们的关系。我不能再让她失望。

米妮讶然望着他，脸颊发青，好像被猛然抽了一记耳光。她的眼神惊骇而又惶然，他感觉到她六神无主，她想镇定下来，然而从胳膊到手都在颤抖。她坐下来，想抱住沙发坐垫，然而随即将脸贴着靠枕扑倒，半晌不作声。也许哭了，他这么怀疑。不过她很快就坐了起来，眼睛干干的，腔调也干巴巴的，你真让我失望。抱歉。他说。

米妮深深抽了一口气。你在欺骗自己。我原本以为你会更清醒一点。

你在说什么？我很清醒。我知道我爱她。你不可能比我更知道。你什么都不知道。米妮点点头，好的，清醒地爱去吧。

而后，为了安慰她受伤的心灵，他开了老远的路带她进城，去最好的冰激凌店，说你挑。她挑了木瓜、芒果、悬钩子、椰子四种口味。他开心地说，甜品是种抚慰，我喜欢看着你吃。

后来，她就了解他了。渐渐地。他每隔十天半个月就会说一次分手。开始她都是愤怒的，后来，她不知道是当真还是不当真，点点头说，好的，再见。

一而再，再而三，他回回都说话不算数。她渐渐变得讥诮，哇，你又这样。下次开口之前，一定请你先动一动你优秀的大脑……在人群中，我应该算一个很有耐心的人了。

不能说她不喜悦，然而有那么几次，她以一种颇为怪诞的眼神看着他。纵然刚刚说过分手，他还是一样带她去吃冰激凌，有那么几回，冒险带她去办公室做爱。他的办公室有一张午休用的淡绿色沙发。有一回，他们做爱的时候，学生来敲门。她问怎么办。他让她缩在沙发上，自己拉扯着衣服从门缝中露出半张脸说，抱歉，我睡了一会儿，忘记了你会来……学生走了。

他们身体的配合一直很好，他觉得。但是到了后来，她似乎颇为厌倦，总要赶时间似的套好衣服，说要回家洗澡。最后一次见面的时候，她已经披上了大衣，戴上了手套，他摸着她的脑袋说我真的爱你。也许哪一天，但愿五年后的哪一天，我站在你家门口按你的门铃。

看起来，她觉得这是个不好笑的玩笑，她忽然皱着眉头，厌恶地说，滚蛋，你只爱你自己。我也不爱你。我只是无聊罢了，想帮你离个婚。说句实话吧，我觉得你们两人都心智不全，为了你们的亲生女儿，赶紧离婚吧。让你太太找个能照顾她的老男人，你去找个陪你玩的小女人，从此以后全家都过着幸福的生活。真的。你努力！

她急急地穿过消防门，他锁办公室的门花了点时间，追上她的时候，她已经在图书馆外头了，他望着四周，亲切地说，我应该谢谢你的建议吗？

我谢谢你。请你滚蛋，算帮帮我。立刻，永远别回来了。她毅然决然地说着，脚步往旁边的道上挪，走开，不要跟着我。

那天深夜，他对米妮热切地解释说。

你没有孩子，你不了解我们的情况。

了解……可怕的妄想……你还是像我一样承认吧，我们都只爱自己，别装了，你和你太太，都不要假装自己是伟大的爱人，伟大的家人。

也许。他揪心地想。也许。

然而何必这么一针见血、自作聪明。

我爱我的太太。要是她发现你的事儿，她永远也不会原谅我了。我们还是分手吧?

放心。她会原谅你的。她如同圣母一般，永远地原谅你……哦对了，你要分手? 好的。要当真哦。不要再来找我了。我不是你亲妈，也当不了你后妈。

这是几天前，仅仅几天前的事儿。仿佛真的成了最后。在网上她还是回答他，然而再也不允许他去见她。她说，不闭嘴没关系，但记得拉好裤子拉链。

楼上一声响，仿佛有什么东西落在了地板上。

他竖起耳朵。

太太的身体从楼梯口俯下来，圆脸因此有些虚胖。哎，知道吗，我今天中午见了米妮……画廊的米妮。你记得她吗?

他重重地靠住了椅背，绽开一个圆满的笑容，仿佛很有兴趣聊天的样子。哦，那个……怎么样？

太太大约怕他不记得，重复说，画家，那个中国女画家，米妮。

他信手拉开抽屉，看见那个印章，又顺手关了。他清了清嗓子。是的。记得。她怎么了？

太太在楼梯的台阶上坐了下来，最近的晚上，我总是失眠。我们见了几次。

听你这么说……她还是个精神科医生？

……差不多吧。太太神秘一笑。她说话很有意思啊。

……是吗？很难想象……你们都谈些什么呢？

我告诉她，这几年我们很少去教堂，我感到很内疚。

他又清了清嗓子。她说什么？

他想不出她会说什么。

她说……太太托着下巴，似乎不好意思说出口，然而还是尴尬地说了。她说，需要的时候自然会去，用不着的时候就不去。人和老板都这种关系。

他想笑，又觉得不太合适。以前的太太是个虔诚的人，现在至少也是个努力虔诚的人。

……嗯，当然……我是说，不要太内疚。

突然不再信了，无论如何也说服不了自己，还是挺难过的……

嗯。是的。我明白。

……嗯，我还告诉她，自从家里有了壁虎，你半夜不再出门了。

……你……什么？！

他觉得脑子里有什么轰然倒塌。这一声什么，从喉咙里出来得格外艰难。

……你今天去过棚屋了呢，药水洒了一地……上回见面的时候，我告诉她，你半夜常常用车，车库的车辙、轮胎上的积雪……就连车里的东西都不一样了。论文压力太大了吧？或许是有什么事儿？我们都睡不好。她呢，就告诉我，她小的时候，夏天的晚上，爸爸经常去一个阿姨家帮她打壁虎，她妈妈后来就带她去抓壁虎……

他觉得血全从脑子里的碎片间流走了。他一定脸色刷白。

再往座椅后背使劲地靠了靠。镇定。镇定。

……然后她就发现，自从家里老有壁虎以后，爸爸晚上再也不出门帮阿姨打壁虎了。

……你……疯了……你是说，你带着咱们的女儿去抓壁虎？

太太望着他的眼神不知为何，安静得诡异，甚至浮出了笑意。

……我就知道你会说我疯了。不光抓，米妮还教我们怎么做药。她妈妈教的。她说壁虎是一种治神经衰弱的中药，只要把壁虎的肠子剔掉，用氯胺洗洗，剁成泥，蒸馏成水，就是药……嗯，你没发现？我的眼圈是黑的，睡不太好呢。

太太说着，指了指自己的眼圈。不过，灯光影影绰绰，又有段距离，他什么也看不出来。

他垂下眼睑，绞尽脑汁地想——她和米妮到底在干什么？她知道什么？

等等。

让他感到蹊跷的，太太那诡异的安静神态，是从哪里来的？他抬起头来。她的脸平静得骇人，仿佛挂在她脸上的，是米妮的面具。

她的眼神闪闪发亮，传递给他的是胸有成竹、跃跃欲试的挑战。这样过度的自信，更像米妮。这哪里还是哭哭啼啼的太太呢？

一阵晕眩。一个念头闪过。也许，他感觉到的不对，并不只是夜色中消失的动静。这个人也不对了。怎么会？怎么会？他托着脑袋回想了片刻，怀疑地想，是的，她近来走路步态也轻松了许多。

米妮她也能信？米妮只是逞强罢了。她敏感又急躁，急着保护自己，总装出冷淡、确凿、自信的样子罢了。他这么认为。

太太低下头去，伸手抹了抹脸，也不知道是不是擦眼泪。

他咳嗽一声，站了起来。

他们突然听到女儿在远处的叫声：爸爸！妈妈！

太太站了起来，哎，我去……她走两步，又回头说，米妮要去法国，我这么麻烦人家，是不是该送点礼物？送什么好？你帮我想想。

太太轻轻的脚步声从他头顶走过，她似乎在说着什么。

叮咚一声，米妮上了线。

他的心忽一慌，手颤抖得厉害，没法打开窗口立刻就问她是怎么回事儿。

2015—9—14 修改定稿

少年之旅

我们在周老师的葬礼上碰到了。

胰腺癌把周老师消耗得骨瘦嶙峋，只剩下了一把可怜的骨头。而殡仪馆的化妆师又几十年如一日把死者画成同一张面孔，似乎想假装时光不曾往前移动，死去的永远只有一个人。这个人有血红的嘴唇，脸上脖子上扑着干巴巴的白粉。已经二十年了。那时候，她快有五十岁了，不修边幅，照样是全校最美的女老师。

在哀乐中绕行一圈，和她的丈夫握手，对她的女儿说节哀顺变。走这个过场的时候，我们差不多都认出了彼此，不过等出了场，大家才小心翼翼地打起了招呼。成年人都是孤岛。因为葬礼，大家穿得肃穆。曾经寒酸的晓海如今西装革履，俨然是个成功人士。曾经很帅的闵亮，少年时惹得外班的女生成群结队，在我们的窗外拉拉扯扯、探头探脑，可他这会儿的气色灰败，整个人萎靡不振，大概是因为旧夹克衫洗得太皱了吧。大家都认出来的只有李苏桦，她照旧姣好而时尚。出于孤岛的慷慨，男人们也夸奖我漂亮了，漂亮，嗯。他们赞美的动静有点大，隔壁的追悼会出来的人冲我们翻了个白眼。晓海翻出了手机，说着好好聚聚聊聊。既然他都说了，于是大家都这么说了。

进城前有一段正在修的马路要绕行，于是拐到河滩，经过一段不长的泥土路。下了几天的雨，路有些泥泞，各种阴影沉沉的树，一株接着一株，乌泱泱连缝隙都不留地压了下来；走到一半的路上，我看见有辆小车停在一棵槐树边，一半车身没在草丛之中。

我又看了一眼。突然冒出一个念头，兴许是李苏桦的车。

我们一前一后从殡仪馆出来，分道扬镳的时候，还隔着车窗挥了挥手。她开的是一辆微微暗淡的墨绿 MINI Cooper。和这辆一半歪在草丛里的车是一样的，它歪蹲着望着远处的河滩。丛丛的树影间，看不清楚车里有没有人。

一样的车多着呢。我想着，过了这段河滩，就有高架桥。未来的同学聚会，我以为是不会再来的。

读书的时候，是个美感稀缺的年代，大人们踩着风琴唱几首革命老歌，电台里开始播放港台流行音乐。然而李苏桦就是我们眼中的美，她是学钢琴的孩子，我们全年级只有她一个家里有钢琴，所以她包揽了所有文艺演出的钢琴独奏。大家都知道，她的父母研究火箭发射器——这么高级的事业，她在我们以上的形象里又添了一层神秘色彩。

李苏桦是我的好朋友。我的朋友李苏桦并不那么喜欢钢琴，她喜欢听电台的征友节目，裁剪报纸中缝的征婚和讣告，她的书包里有一本厚厚的蓝壳笔记本，贴着剪报，旁边还会有她的笔记，譬如地址、爱好、个人情况啥的。学校图书馆有一套五本的《泰戈尔全集》，她给这些人写信的时候经常借来抄抄。她总是署名佘悦莉——但我才叫佘悦莉。

晓海和闵亮关系也挺好。这有点奇怪。他们完全不一样。晓海瘦小枯干，长得黑乎乎、皱巴巴。大概没有人见过他抬头挺胸，虽然老师天天都在讲。他随时随地似乎都是窝成一团，半蜷缩，上课的时候就趴在课桌上，他总是在画汽车，没完没了地画，他画画的时候嘴并不闲着，滔滔不绝、骂骂咧咧，不知道是在骂谁。而闵亮呢，和李苏桦差不多，是个明星人物，他妈妈是个舞蹈演员，他爸爸以前是演员，后来当了歌舞团的领导。外加他又高又好看，谁都觉得他未来肯定是个明星。不过，虽然他的成绩很一般，他还是觉得教授了不起，要是能当学者就好了——也许，是指李苏桦的父母？

他们真的忙乎起了聚会。晓海说，共同的歌曲，共同的回忆，他请大家卡拉OK。

共同的回忆。也许。那个下午，在工艺美术系的男生李勇以及传达室老大爷怀疑的目光下我拔腿就跑，奋力地逃，一直到看见了正在买烧饼的晓海和闵亮。

晓海朝我翻了个白眼。闵亮踩着自行车，叫我和他们一起去幼儿园玩。我们拽断了写着“三八节快乐”的横幅的绳子，横幅一半垂落到了地上。那幢淡黄色的苏式小楼有漫长的走廊，每间教室都上了锁。不过，窗户全都一推就开，而且，教室和教室之间都有侧

门，一通百通。我们从小班走到大班，各种玩具都玩了一遍。有间教室里搁着画架，我们在画纸上涂抹，再把画过的纸烧了。闵亮往火里扔羽毛球，一股糊味儿。晓海拿几块小孩子擦嘴的小毛巾噼里啪啦甩，火灭了，地板烧黑了一块。

包间的灯光那么暗。闵亮独自坐在沙发上。我乏味地打着招呼，说第一个我点歌……我话还没说完，闵亮就一声哀怨的长叹。他从包里拿出一支液晶血压计，在身上这里按一下，那里又按两下，说自己已经久病成医了啊，久病成医了，还说血压、肾脏、心脏、血糖、体温都不正常，医院什么也查不出来……第一首歌儿已经放完了，第二首歌也开始了，我还是坐在点唱机前犹豫，一脸干巴巴的笑意，听着他滔滔不绝地谈着各种器官的病变可能，不好意思去拿起话筒。

来的这一路车堵得厉害，尾灯、前灯、路灯、霓虹灯、红绿灯，随着车行滑成一道道缓缓交错的流光，四处闪亮。这些年，我好似是在积攒未来，忙得四脚朝天，丝毫没想过现在已经长成了未来——奇怪的是，并没有多久，而这座城市已经变得密不透风。在不久以前我还在背着书包上学，天天经过这里，只能看见几段参差的墙，一片碎石的荒野，夏日杂草芜乱、蚊虫纷扰，都不敢往里头钻，要等到冬天有霜雪覆盖，土地结实的时候，孩子们会成群地来挖兔子洞。如今到处都是高楼，土地都是人工绿地，我时时开车上高架，不知道还有谁会热切地画汽车，还有谁在乎别人有钢琴呢。

就沿着这一路，我回到了幼儿园搭积木。我一直搭到了日落西山，斜阳铺了红地板，一片昏沉的黄晕。散发着奶香味的一排排水杯和毛巾。开始的时候总是塌，后来能搭得高了，看起来宏伟些许了，有点像如今四处的华厦了。

眼看着高楼就要竣工，走廊传来了脚步声。哒。哒。轻轻地，朝我们的方向走来。

闵亮拉了我一下，嘘……无声无息地，晓海已经溜到了屋角。也许是裤角，也许是腿，总之我就这么一个转身，大厦便倾倒，噼里啪啦散落一地。已经来不及收拾了，我们都跟在晓海的后面，挤进了储藏间。

储藏室狭窄，只够面对面摆两排货架，上头挤着各种零碎的物件，譬如毯子、针线盒、洗衣粉、花盆之类的瓶瓶罐罐，满当当的。晓海第一个钻进来，他贴着墙缩在最里头，我挤在他们两人中间，闵亮的鼻头几乎贴着门板。我们屏住呼吸，缩着身体，聆听外头的动静。而就在这么静悄悄的紧张时刻，晓海那一头，有只手意外地搭在我的手指上。我缩了缩手，他也缩了回去。片刻之后，他用力地握住了我的手，使劲地握着，用他的手指挤压我的。

我能用余光看见晓海。然而我不敢去看。我只是感觉到他和平常一样，窝着身体，耷拉着脑袋，望着地面，根本没看我。

或许是空间逼仄？我不知所措地僵在原地。手指缓缓爬上我的手腕，跳到腰间，搭在衬衣上。片刻，仿佛下定了决心，摸了摸衬衣。我的汗毛唰地竖了起来。一根手指，然后两根，仿佛束手无策地停在腰间，一动不动。

嗒嗒，吱呀，门开了。没有脚步声。也许那人正惊诧地看着一地的狼藉。他会恐慌吗？会报警吗？还是拎起根水管到处找我们？

不知道。我们的呼吸灼热，忐忑不安。

那人进了门，只是几步，随即停下了。大约是因为害怕，闵亮朝里挤了挤，晓海没动。我们挨得更紧密了，然而只有恐惧。这意外地一蹭，那只搁在我腰间的手不见了。

脚步声终于又响了起来，倒退着回去了。咔嗒，门锁搭上了。那人走了。

闵亮贴住门又仔细地听了片刻，轻轻地拉开了。

像水花般泼洒了一大片的阳光，我的大厦是应景的废墟。我们丝毫没耽搁，立刻从窗户翻了出去，爬出了墙外，跌倒在树丛中，如释重负的感觉如同刚刚得到自由，那不离不弃的金色阳光，透过了枝枝杈杈漫不经心地落在脸上，仿佛千万只温暖的小手指，要将我哄睡过去。

我浑浑噩噩地闭上眼睛而又一惊一惊地努力睁开，我绞尽脑汁地想，想到底怎么了。那没有人形的脚步声以及挤在一处的窒热，还有，一只隐秘的手传来的那点点的犹豫——那两个并不熟悉的男生，他们躺在不远处，好像睡着了似的——少年之旅，奇异得像是幻觉。

…… 大概也就是一个礼拜的时候，不知道为什么有三辆警车来了学校，在篮球操场停了有一两个钟头。它们呜啦呜啦地冲进学校，搅得四处悸动。我心惊肉跳，想到那被拽断的三八节条幅、塌方的摩天大楼、烧焦的地板，以及恶臭的羽毛球。要是警察逼供，我只能说是我，那些丢掉的、烧掉的、坏掉的，都是我自己干的——然而，奇怪的是，警察并没有来找我。

谁也没有来找我。

歌曲一首首地空放，我站起来又坐下，急切地等着有人能让我从闵亮的病态中解脱出来。大约足足有十分钟，门把手一转，紧接着，一个尖厉的女声，李苏桦笑容满面地跳了进来，说着抱抱，她真的抱了抱闵亮，抱了抱我，而后说带她先生来了，要给我们介绍。

这对夫妻像是模具里压出来的，都修长，都长着瓜子脸，都穿着一套有如春芽般淡绿的情侣休闲装，看着甭提多喜庆了。刚刚还拿着体温计打晃的闵亮也不晃了，他牢牢地盯着她先生，眼神颇为微妙。

确实微妙。

我们都已经三十五六岁，然而她先生分明是张二十岁的脸，他的皮肤简直像糯米纸，白嫩、透明，眼神也像是二十岁的，相当好奇、稚气。

以前每回外班乃至高年级的女生观光团来参观闵亮，我都会悄悄数一遍。她们三三两两、七七八八，大概能凑出一个小班。不少姑娘挺好看，个头高，或者眼睛漂亮，或者头发美、腰细。我没什么优点，我只能暗自数数，我只是个其貌不扬的小胖子。

老师讲课太无聊的时候，闵亮喜欢趴在课桌上往后看。当然了，他看的是李苏桦。下了课，他经常挤到晓海的座位上来看他画汽车，他只要一来，我就得去和李苏桦挤挤。似乎，看起来，他真的在看晓海的汽车，还连声称赞，然而也许因为是女生，也许只是因为我注意，我觉得他的眼神一直在往李苏桦这里瞟。我告诉李苏桦，她只是睁大眼睛耸耸肩。她平常都在写信，偶尔会跟我讲讲这些奇怪的人。有时我会想，他在看她，她在对我讲故事。夹在他们两人中间，真让我感到骄傲。

李苏桦挨着她先生，两人占据沙发一角。她听着闵亮絮叨自己的病史，那一脸的微笑，像是颇为陶醉于他的谈吐。她身子一点一点地歪过去，那股亲热的要听个仔细的劲头，逼得闵亮只好往后挪，他从包里亮出一摊管子、盒子、线等医疗工具，逐一开始介绍。屏幕上跳出来一首《恋曲1990》。估计是李苏桦点的。我断然地切掉了。不如让他们好好地聊聊。

晓海夹着质地优良的皮包，脚步轻快地进来了，他连连地作揖抱歉晚了，闵亮听说你老婆是个教授了，你，真是对理想最执着的那一位啦……李苏桦你结婚是我在国外听说的，那都七年了吧？正好先生也来了，我给你们补怎么样……佘悦莉小孩是男是女几岁了？时间不饶人啊，都是人家爸爸妈妈了，时间不饶人啊快着呢。他和以前真的不一样了，举手，抬足，大笑，看起来都干脆利落爽朗，然而点点滴滴地，我为什么感觉到的还是从前——那不能自制的退缩、窝着藏着，似乎总有什么令他胆怯。

大概我的印象里，晓海是个丑角——在谁的记忆里又不是呢？瘦弱、枯槁，时时刻刻都埋在纸里头，好像整个人都想渗进去。他不想抬头，不愿意看着人的眼睛，独独愿意藏起来压着喉咙咆哮，一连串的自言自语、污言秽语。每年都有女生找老师，周老师也曾并不委婉地叫他去看看病。男生不比女生更喜欢他，他们给他的外号是耗子，还把水蛇砸进他怀里，常常吓得他贴着墙乱窜，恨不能挂到吊扇上去。反正每到这种时候，他的好朋友闵亮总是默默地走开。

如今，大概是因为有了份指手画脚的工作，晓海是个有面子的人了。他乐呵呵地，一屁股就坐到了李苏桦和闵亮中间，腼腆地摘下了金边眼镜，左右看看，你们看这眼镜怎么样，昨天刚配的。李苏桦接过去看了看，没什么不对嘛，挺好。晓海眯缝着眼睛浮现了一脸宽容的神气，你们看看是真的假的啊，店家说纯金，花了三万多呢。李苏桦像手被烫了，立刻把眼镜塞回他手里，哎哟喂，真的。再说，眼镜是假的，三万块也是真的。她瞪大眼睛打量着晓海，瞅你这身又滑又亮的外套，只在电视上看见大牌明星穿呢。晓海越发地宽容耐心起来，说当然啦，我知道你这样子舒服，不过人在江湖……再说，米兰买衣服比国内便宜……话说到这里，晓海辗转反侧的目光落在了那一摊医疗器具上，登时大声地惊叫起来，闵亮？你脸色真不太好呢。

工艺美术系男生李勇给李苏桦的信，我看过的第一封是《致橡树》：“我们分担寒潮、风雷、霹雳；我们共享雾霭、流岚、虹霓，仿佛永远分离，却又终身相依，这才是伟大的爱情。”等我看到第二封信的时候已经成了《错误》：“你底心如小小的寂寞的城，恰若青石的街道向晚，蛩音不响，三月的春帏不揭，你底心是小小的窗扉紧掩，我达达的马蹄是美丽的错误……”

那信纸就是当时流行的蓝色格子纸，厚厚沙沙的，有一股香粉的味道。他还画了张和语文书里的差不多的白描，柳树和美女在一起。李苏桦实在太好奇了，非要我和她一起去见识一下：看看他能长什么样，见势不妙的话记得要跑快点喔。

李苏桦嘱咐我好几遍，你是李勇的姐姐，要给他送生活费。记清楚没？喔。记清楚就好。青砖红瓦的宿舍楼，密密麻麻的爬山虎将门窗挡得严严实实。传达室的老大爷午睡刚醒，眼睛半睁半闭，眼球蒙了一层薄薄的白雾，几乎快要滴出泪似的，我冷不丁看见他空洞的眼睛，吓得魂飞魄散，半晌才咕哝着说，李勇的姐姐给他送钱。老爷爷抹了一手的眼泪，从胸腔里发出一声惊人的嘶吼。李勇！你姐给你送钱！

我身后三米开外，李苏桦一溜地小跑，跑到楼前的水池边装出洗手的模样。等到她的手大概已经沾满了水管的锈斑，一个孱弱的身形才从走廊深深的阴影里渐渐亮了起来。枯瘦的形状，和晓海差不了多少。我知道依李苏桦的意思，我应该拔腿就跑。而我却眼睁睁地看着他左顾右盼地出来，再定住脚步疑惑地看着我：是你吗？什么意思？

这时候，他才站到了光亮处。李苏桦看清楚了，她一歪脑袋，拧上水笼头，若无其事地甩干了手，走了。

谦逊如晓海，他委婉地说出去打电话，片刻后，侍应生端了两只巨大的水果船进来，搁在茶几两边，那高度让我们这几个近在咫尺的人，彼此相望都感到困难。还有两瓶认不出名字的洋酒，模样十分显赫。我们面面相觑地看着，闵亮闷闷不乐地从口袋里摸出一个装了各色药粒的塑料盒子晃了晃：我吃药，不喝酒。

李苏桦忽然就松了口气："先别开，我们得商量一下……"她飞快地扫视我们大家，而后冲侍应媚笑："把酒换成饮料成吧。"

侍应生断然回绝了："我们有规定，点了就不能换。"李苏桦咦咦地不甘心："大家都开车呢，你们老总派小白脸开车吗？我觉得你就不错，要么，现在就把车钥匙给你？"

闵亮猛然一声咳嗽，拿着药盒的手颤抖个不停，他的眼神翻山越岭，反复越过那琳琅满目的水果船，也没找到水。侍应生赶紧借机出去："……我这就给您拿个水瓶去。"

大家都不说话了。晓海点的歌曲兀自在放。闵亮还没转过神来，他意犹未尽地望着李苏桦，而李苏桦敏锐地侧身去和先生讲话了，我感觉到闵亮要指望和我倾诉了，赶紧翻开包，摸着手机起身："我得给阿姨打个电话。"

再进包间的时候，侍应生正弯着腰作开瓶状。李苏桦嚷嚷说自己要开车。晓海则在大笑："你们放心地喝，我这就给你们安排司机。"我们一时无言以对，他又趁机补充说，早就知道你们就这样。最自觉的肯定是我啦，我自己早就安排好了，司机就在楼下呢，你们不信出去看，那辆黑色凯迪拉克赛威。

看看人家这气场。到最后，就连病怏怏的闵亮也尝了两口，脸微微地发了红。李苏桦的先生眼睛暴出了血丝，还特意拎起裤管给我们看他雪白的小腿，泛起的血丝简直有如凶杀现场，大片大片的红斑此起彼伏。

晓海坚持让闵亮唱《红莓花儿开》，说他在学校唱过。闵亮推辞了半天才拿起话筒，裤子好似要把他绊个趔趄："咳咳……我好久没唱歌了。"

晓海啪啪地用力鼓掌："我们的怀旧之歌啊。"

不是我们。或许只有他。闵亮喜欢听歌我知道，但我从不记得他唱过什么。上个世纪七十年代的音乐就是年轻人的梦想。闵亮收集了不少磁带。有一回周老师还给大家她没收掉的磁带，还板着脸说同学们喜欢的流行歌曲全是情情爱爱，音乐水平也不高，和青少年积极向上的精神面貌完全不符。

或许我们真的在怀旧，大家都沉默地看着闵亮一会儿摸摸脉搏，一会儿压压太阳穴，心不在焉地唱走了调。

初升高，我们三个中等生继续本校的普通班。普通的意思是，老师觉得我们若干人等，能有一两个考上大专就该谢天谢地。晓海则干脆读了职业高中——后来的发迹就是从这里开始的，先是分到银行，接着进修升职，吉星高照后来干脆自己去开公司——不过，那时候谁也不通晓未来。

李苏桦还是那么风生水起，她弹着钢琴，上过两回电视。有一回，我骨折在家休息，李苏桦来看我，但到了我家楼下却叫我下楼，等看到我瘸着拐着下了楼，她的表情十分惊讶，她说本来没以为这么严重，还想让你陪我去找一个人说清楚点事儿。什么事儿？她语焉不详，算了算了。第二年，我们高二时候的春天，大概是因为练琴，李苏桦在家撞墙自杀，听说她头破血流，缝了不少针。后来不知道为什么，周老师气得青筋直暴：“才会了一点雕虫小技，就学会了心术不正。不站在舞台上就活不舒服！演戏都是给谁看的？！”

然而她没说自己批评的是谁。她提到李苏桦，语气温和而客气，“让她安静安静”，然而我想回报她，于是我决心去看她。她妈开了门，黑着脸，顶着门，丝毫没有让我进去的意思，虽然语气柔和，李苏桦同学睡了。麻烦你来了这么一趟。我转身要下楼，她还叫住我，嘱咐我好好学习，不要受李苏桦的负面影响。

其他我都是猜的。她妈也没给闵亮什么好待遇。他在校外的林荫道上拦住我，神情紧张，嘴唇直哆嗦。也许自杀这个词对少年来说，太过凶险，就像一闷棍打下来，一个巨大的死字翻落在眼面前，他吓呆了。我说我不想去。他说我撒谎，他知道我去过李苏桦家。我感觉灰溜溜的，转身就走开了。

……然后，就停电了吧。

"为什么离婚？"李苏桦的表情颇为严肃。

正是音乐间隙的沉默片段，刚拿起麦克风的晓海猛然一回头："什么？闵亮，你离婚了？"

"你还不知道他就是这么窝囊呀？"李苏桦的语气，说苛责也行，说爱护也未必不是——她最擅长把握各种小情绪。

闵亮眼珠子缓缓地转动，仿佛在认真思索："她读了博士……不想回国……那也只能这样。"

"喔？还不是你又当爹又当妈，把她培养成教授的吗？"

闵亮那篇有关理想的优秀范文，周老师在全班大声地朗读过。他的理想是学航空，当教授，他要研究冲破宇宙的火箭，要把美国的火箭挤出外太空。

谁知道是讽刺还是鼓励，周老师读完还特意说，要实现理想，你现在就得加油，少听爱情歌曲，多做数学习题。

不知道他前妻是不是航空博士教授之类的。晓海打破了沉默，咧开一嘴招商引资的笑意："咳咳，咱闵亮长得帅，不缺女的喜欢……咳，说起来，我一毕业就得了肺结核，住院有一年多，难受啊，后来就特别注意身体……闵亮你气色不好，更要多保重……身体好的人不觉得，生病的人就知道，身体是你唯一的本钱唉……”

李苏桦仿佛在认真地聆听，连先生叫她名字都没听见，直到他拍她的肩，她才回头。在一群同学中间，他居然叫她佘悦莉——所以我先听见了。他显然明白为什么我看着他，他歪歪嘴轻轻地笑了。

我们打招呼的时候，那充沛的热情不是假的，肯定不是，那些个刹那，个个分外激动的模样不是假的，这使得我们迟疑不决，不知道该不该相信旧日。然而每一回出了包间，情绪便跟着空气一起冷却。走到门外的刹那间，我们几乎是同时将笑容收了起来，在洗手间里，我洗着手，安静地看着镜子里的李苏桦。她在纤毫毕现的镜子里一样精美。她认真地整理她的衣服。她穿着亚光丝绸衬衫，头发一丝不苟，弥散着一股中产阶级的气味——然而那个撞墙的、泼辣的、豆苗般瘦长的躁动少女还是在她的眼神里，她那火辣辣的好奇眼神。

李苏桦对着镜子满意地瞥了我一眼，笑容暧昧：“我先生好看吧？”

“嗯……他到底多大了？”

更加暧昧的笑：“……你真没见过吗？”

我顿时很疑惑。葬礼那天草丛中的车突然闪了回来：“……哎呀。”

“是呢。”她吃吃地笑了，“葬礼的时候，我恰好顺路送历史老师的孙子回家。”

“呃……”历史老师，那是我们的校长。我们读初中的时候，这孙子还在上幼儿园，他坐在校长自行车的大杠上，手里攥着不外乎奶嘴之类的东西，呜呜哇哇——这就是他当时已经掌握的语言。

李苏桦斜斜眼睛：“秘密，不要告诉别人。”

秘密。当然。我知道。被她骗过的人不知道有多少，有几回，他们找到了学校。有一次是上课的时候，传达室的老太太慌张地叫我赶紧拿上书包回家，说我哥被车撞了。我血往脑袋上涌，一路狂奔到大门口，在那儿看见一个男人，牛高马大，拄了根拐，坐在残疾人车上。他缓缓掀起头盔，露出一张游手好闲的黑脸，难以置信地瞅着我。我问他：“你撞了我哥？”他说：“你是佘悦莉？怎么可能？”

轰鸣的音响，红里透黄的光线，被酒精、情绪挤涨的脸。那些随时被打断的话语，充斥了虚荣的关切，乌泱乌泱地扩散开来。大家一起掉进了这片血浊，溢着笑容，语调轻快。闵亮除了他的病以外，也偶尔能对其他什么感点兴趣了。

那天，区少年宫会演前的排练。周老师说，有节目的同学去少年宫排练，没节目的同学留在学校补课。闵亮说李苏桦在少年宫排练，她出事儿之后他还没见过她，邀我和他一起去。

我并不情愿，但还是去了。闵亮翻墙逃出了学校，我跟老师说突然来例假了，正大光明地出了校门。去的一路我脸红心跳，内心十分严肃，仿佛做媒一般，一股热流从心里散往四肢。闵亮在少年宫的正门口，少年宫的大门正在维修，脚手架封锁了通道。一个工人以为我们是来排练的，指指右侧，让我们从小门进去。

我们别无选择，只能沿着晦暗的走廊前行。石头的夹缝之间，有股隐约的便溺味道，我们左拐右拐，直到进了一扇油漆剥落的绿门，便溺味道才消失了，迎面而来的是一股密集的粉屑味道，像是从热烘烘的纤维里散出来的。

那是一个衣帽间。一根长长的衣架，挂了几件红彤彤的衣裤。衣橱的摆放如同迷宫，曲径通幽。房间另一头是个低矮的化妆台，搁了一溜儿闪闪发亮的彩色瓶罐。我凑近了仔细看，有一道蔓延开来的凝固的深红色，我伸出手指摸了摸，猜想是一排指甲油。

就是这时候，停电了。

刹那之间一片漆黑。我才发觉，这房间并没有窗户。在灯熄灭之前，我从化妆台灰扑扑的镜子里看到了闵亮，他正站在衣橱之间。灯灭的时候，我在摸索指甲油，闵亮说了一句："停电了。"然后，我听到有几声碰撞，似乎是他坐了下来，松了口气似的说："我……们在这里等一会儿吧？"

我们并没说什么话。至多是猜是不是外头施工拉掉了电，停多久之类的话。我摸到一瓶指甲油，不管不顾地拧开了往指甲上涂，涂得手指湿漉漉的。

而后，就有人说着话进来了。孱弱的火柴光，还有磕碰的动静。感觉有人借着微光也找到凳子坐下来了。火柴熄了。女声开口的时候，声音很近，一清二楚。李苏桦的声音："……周老师其实不想让我演了……"她笑声紧密，得意之情卡在喉咙口，"哎呀……她讨厌我。"

"信寄到医院了呢……"

没人作声。

李苏桦顿了顿："我背给你听听？"

"嗯……"一个男声含混的答应。听不出来是谁。

奇怪的是，闵亮和我，不知道为什么，都没有发出一丝声音来。

也许更世故一些我就会，哪怕是把指甲油放回梳妆台上去……不过，和我有什么关系呢?

“……总之就是……没有你的消息，我就嫉妒每个经过医院的过路人，哪怕门口小卖部的人都比我幸运，我嫉妒得浑身的血都像是中了毒……我想，只有看见你，知道你好好的，我才不会这样走神……”

我不知道为什么，忍不住打了个哆嗦。

晓海关切地说：“我认识个医生，很好的，明天还是你什么时候有空，我陪你去找他。”

他们谈着医生，我渐渐感到无聊。谁也没注意是什么时候李苏桦去的卫生间，她的小先生又是什么时候去了卫生间。李苏桦发了个短信给我，说他们已经走了，叫我帮她把包带出去。她还嘱咐：“晓海不差钱，让他买单。”

晓海和闵亮还在说着什么老中医。空掉的半边沙发上，扔着李苏桦的包。我拎起自己的包：“哎呀，孩子突然拉肚子，我得回家……”又拎起李苏桦的包，“真是不好意思，我必须得走了。”

李苏桦炫耀的语气：“差不多就是这样啦，真是自作多情……”

男声发出轻轻的鼻息，可能是笑，也可能也不是：“……真是闵亮？”

居然是晓海。我的大脑发出轻轻的嗡鸣。

李苏桦不停地笑，她好像笑得刹不住车。

突然意识到这个和李苏桦一起溜进某更衣室的人是晓海。就像什么动物尖锐的触角猛地蜇晕了我。谁会相信呢，人人都瞧不上的晓海，和人人都仰慕的李苏桦，能有什么关系。

李苏桦还在发疯地笑，晓海仍然没动静。他们一点也不知道，然而我知道，被嘲笑的那个人，也在这个房间里。

空气紧张得如同从随时要从脚手架掉下来石灰桶，我怕它会劈头盖脸地砸下来。有种无端端被捆绑、被挤压的恐惧，我想尖叫出来，然而张开嘴，却什么声音也发不出来。

我甚至想，要是突然来了电，忽然之间我们必须面面相觑。我很害怕。可是我还是抱着一线希望，灯亮吧，亮吧，以后再也不要有什么秘密才好。

我在李苏桦家的楼下，她还没到，说快了。我下了车，在小区走了走。封闭的窗户透出来的灯光，照着阳台上晾晒的衣物。路灯下有几个老头子在花坛边压腿。几个牵着小狗的老太太在聊天。平静的生活。

幼儿园那个下午之后，闵亮不怎么来和晓海挤了，下课铃还没响完，他已消失在后门的外头。我还是常常去和李苏桦坐坐，而她不再写信，也不再给我讲故事，她说放学后要去妈妈的单位做作业，我们再也不同路了。就这么自然，我们散了。

那本来就是紧张的岁月，中考越来越近，作业多了，补课多了，离散理所当然，没什么不对。中考过去的那个汗流浃背的暑假，我家楼下声嘶力竭的蝉虫，在闵亮家楼下也并不消停。酷热的午后行人稀少，在楼与楼之间的林荫小径一闪而过，消失和出现一样只是偶然。

传说中闵亮漂亮的妈妈隔着纱窗面目不清，我说我想让闵亮陪我买磁带。闵亮妈妈关上了窗户，片刻之后，闵亮下了楼。

那个闵亮看起来那么陌生。更可能是，我们从来都没有亲近过。我紧张，他似乎也紧张，他的手沿着裤缝摸来摸去：“……我去推自行车。”有可能他刚刚睡醒，脸颊还有凉席压出来的淡红格子。他的腿细细长长，有稀薄的腿毛，趿着一双蓝色的大拖鞋。

马路边堆积的碎砖砾，倒伏的杂草，细长的水沟里飘着呛人的泥浆味道。进去走走吧。他点头。先是石头在脚底疙疙瘩瘩地挤压，然后是半人高的草丛里藏着的一段残破城墙。站在门洞外挺远的地方都能感觉到潮湿的霉味儿正扑了过来。

之后，那是怎么回事儿？我是故意的，故意装作被杂草绊了一下，装作站不稳，他扶我起来，我就撑住他的胳膊。

拥抱。也有可能拥抱只是臆想。我们有没顶的黑暗，偶尔闪烁的光像是被风吹进去的，青石地面发亮，如同黑色的油迹。我们在荒草的中央，四周是污水和霉变。我浑浑噩噩地记得那不明不白、不清不楚的欲望。

他想拨开垂下来的荒草，而我脚下污水打滑。或许是因为回忆的次数太多，这段往事早已混沌得如同一场幻觉，一而再再而三被我按照自己的心意修改。他的额头上有冰冷的水珠。他撑着我的身体，后背抵在城墙上。他的胳膊，然后是他的腰，我能感觉到他的温度。然而这段晦暗的时光大抵充斥的只有下水道的味道。我们沾了一身的水。污水。也许当时的温度、湿度、硬度都有所知觉，后来就被记忆拉成了不知不觉的空白，成了不再有机会知晓的秘密。

小腹一阵阵剧烈的疼痛，仿佛什么器官要冲破身体。矮的草倒伏在身下，高的草遮蔽我们的身影，而记忆里到处都是性的形状。总之，最后，他闷声闷气地说：“我喜欢的是李苏桦。”

再后来，闵亮背着脸，滚去了青石的另一端，不让我看到他。我窘迫地坐了起来，明明居高临下俯视，然而却感觉难以容忍，一遍遍地拽着我那又脏又皱的衣裳。

李苏桦疑惑地说：怎么还没修好？接着，起身的动静，他们蹭着地面一步一步地往外挪，碰翻了什么，而后走掉了。

电没有来，灯没有亮。

也许还有我根本不愿意记得的断篇。

孩子出生以前，我见过李苏桦。

那是个巨大的超市，灯光灿烂到惨白。我推着购物车，在冷冻柜前往车里扔东西的时候，看见了李苏桦。这个李苏桦，是我从来不曾认识过的一个人。一头散乱的长发，睡衣外头套了件空荡荡的黑棉袄，脸色发黑，神情恍惚。

我一眼根本没认出来，回头又觉得眼熟，再定睛看，才发现我真的认识这个人。

我叫她的名字，她茫然地看着我，好像反应不过来似的。半晌，才露出勉强不过的笑意。

没有一句客气话，她语带凄楚，直截了当地问，能不能陪她去流产。只要两小时，两小时就搞定了。她眼神空空，目光落在我鼓起的腹部。

我的回答是从未有过的干脆。找别人陪你吧。你也看见了，我怀孕了。

我的语气铿锵有力，说话的同时，把购物车用力往前一推。那力道，就是要把她从我面前推开，推到我看不见的地方去。

她果然侧身让了路。我对着空荡荡的前方说了声再见，就走了。

后来，我们再也没有见过。

足足等了有四十分钟，不过，纵然不满，我说出口的还是客气话：“没事儿，没等多久。”包递出车窗，接下来就是再见。

“还早呢，上楼坐坐吧，我老公出差，就我一人，咱们正好聊聊。”李苏桦的手搭在车窗边，一脸的真诚，似乎下定决心不想让我走，“上来坐坐吧。”

这都快十二点了。还粘在耳膜的老情歌、虚头巴脑的客气话，以及没完没了的血压计，都让我十分厌倦。但我还是下了车。

进门一眼看见装修甚至可以说豪华的房子，直觉就附到我的耳边嗡嗡作响。也许她让你上楼，只是想修正你对她的最后印象。没错。是的，那个狼狈不堪的她不曾存在，她现在过得相当不错——怎么会是不错呢？是很好，非常好呀。

门厅茂盛的草丛上头，李苏桦变形的脸倚靠着一个挺拔的男人，那男人，照我看，和她瞧不起的闵亮根本差不了多少。他们的身后是断裂的城墙。

你先生？

嗯，我先生。

李苏桦说去阁楼喝茶。我们走上楼梯，转弯一抬头就是天窗，外头是昏黑的树影，倾泻而下的尖顶，沿着墙的书架空荡荡的，最高的地方不过一米七左右，搁着茶具茶桌，而最矮的角落大概只有五十公分，铺了一张蓝色的瑜伽毯。这一墙的空书架，架子之间贴满了小画。水彩、油画、素描，画的都是李苏桦，裸体或半裸，坐着、躺着、站着、趴着，侧脸、正脸，低头、仰头，或深或浅，或明或暗都是她。有的是学生用的素描纸，纸张发黄之后压了膜，有的本来就包装精美，仿佛情人的礼物。有的有落款，有的没有。我站起来再蹲下去，足足看完了整面墙——因为，我突然觉得，这一回再不会有什么秘密了。

白茶？

好的，白茶。

茶冒着热气端到面前的时候，我正在看最低处的小画。这画就贴在躺到瑜伽毯上的时候，一眼就能看见的地方。简单的速写，练习本撕下来的一张纸，压膜的时候已经折了，还有三两滴重重的污迹，像是茶水泼上去的。线条的李苏桦只是个女人的形状，披着头发，抱住了双膝。没有清楚的面容，只是三五笔的简短线条，古怪的是她脚上的高跟鞋，那阴影深深浅浅，立体地搭配在一个只是线条的女人身上。

署名是晓海。1988 年 3 月 8 日夜。

而我的大厦倒塌的幼儿园外头，被拽断的三八节横幅缠在树枝上。正是那一天，晓海的手悄悄地摸索了我的胳膊、我的腰、我的手。谁知道呢，也许他顺便研究了一下骨骼。

茶味道怎么样？

清淡，很好。

是的，很清淡，我也很喜欢。李苏桦随着我的视线看过去：

“喔！晓海画的。”

“他在哪里画的？”

李苏桦笑了笑：“…… 大学幼儿园，我们半夜翻墙进去……”

哦？咯噔。我的心脏轻轻地一跳：“那天，我和你去见工艺美术系的李勇来着……”

李苏桦茫然地看着我：“什么勇？有吗？我怎么一点印象也没有？”

“…… 也许是我记错了 …… 那时候你和晓海在谈恋爱吗？我居然一点没发现……”

“呃，胡说，哪有什么恋爱，他会画画，就帮我画了一张呗……闵亮也说晓海喜欢我，人家当真呢。那时候，我和闵亮算恋爱来着…… 算啦，不提啦，没意思，除了脸以外，什么优点都没有，你今天也看到了，厌死了……”

冬天到了，树全秃了。我天天都早早和孩子一起裹进被子看电视，他睡着了就关掉。那天刚准备关，看见一条即时新闻，高架上一辆轿车撞到大桥侧栏，翻滚砸下公路，砸坏了另一辆轿车，两车司机当场死亡。

我没想过这和我有什么关系。

第三天或者是第四天，李苏桦打电话给我，说晓海的车掉下了高架。不是酒驾，是醉驾。她重重地解释说。

只隔几个月，参加了两场葬礼。夏天的道路都是浓郁的绿色，而现在一棵接一棵都是枯木，枝条噼啪作响，树干坚硬。

晓海的太太说，晓海生前早早就选定了寺庙的树葬，她解释说，骨灰瓶能在土里融解，把瓶子埋到树底下，风吹雨打，渐渐就融于大自然了。

哦。大自然。我们无言以对，唯有重复地一遍遍肯定。

看起来，晓海和周老师也是一个人。面色惨白，双颊赤热，头发还抹了油。我本不想仔细看，不过，走到他跟前还是没忍住，我清楚地看见他那抹了口红的嘴角，一缕亮晶晶的水珠渗了出来。

我四处张望。并没有人注意我。似乎也没人看见他的口水。我停下了脚步，想找个人说说。可是身后撞到我的是一个陌生人，我只能说着对不起。继续往前。

继续往前。出门的时候，我回头看见闵亮、李苏桦走到了晓海的床边。他们也看到了我，然后互相看了一眼，仿佛交换了个眼神。

这眼神我明白。其实，我早就明白。是的。我们将遵照世俗礼仪，对家属说，节哀顺变。再见。

然而我们再也不会见了。

我们早已互不需要。除了晓海以外，我们每个人都清楚地知道。

2015 年 10 月 1 日定稿

宁海路

宁海路是南京幽长的一条林荫道，民国时代的一幢幢小楼藏在树荫拐弯抹角的深处，即使白天最热闹的钟点，也不会有多少走动的身影；绕过一条街便到了车水马龙的城中心，独独此处就安静，很多年了那树荫遮蔽的小楼之间动动静静川流不息的，似乎夏天只有声嘶力竭的蝉，冬天只有大作的狂风。

车停了下来，裹得严严实实的司机叔叔点着了烟，跳出驾驶室。车身随即一震，后头的门开了，外公推推我，指着车窗外，手指呼啦啦转了一圈：“……看，外公以前就住在这里……咱们回家了啊。”

我一路都在睡，这会儿半梦半醒地跟着外公下了车，仰望眼面前的水泥筒子，肥肥胖胖的，身段像以前学校街口卖烧饼的大叔。他总是叉腰横在炉子前，那些个赘肉分成一截又一截，而水泥筒楼那块位于半腰处的白色牌子，也像大叔勒在裤带上的白毛巾。白底黑漆的几个字，宁海路 71 号。

宁海路 71 号，这幢楼盖成不久，灰不溜秋的，难看极了。它是从那一街色彩、款式都十分优美的缤纷小洋楼之间硬生生地长出来的。要是人舒舒服服地看着那些漂亮的小楼一路走来，猛然看到这楼，都会惊一下，感觉这街道如同被莫明其妙地砸断了似的。

司机叔叔抽完了烟就利落地开始把捆得乱七八糟的箱子往车下卸，呼哧呼哧地喘着白气——都是妈妈和姨妈们临时拼凑的工具装箱打包——外公说，唉，咱这楼三单元九户人家，都和我们家差不多，大多是落实政策回城的退休老头啦。他一声长长的叹息。我拉开了楼道门，光线暗了下来，从里面飞出了一股浮灰，冷清清的。

我的外公是英雄。所有人都这么说。不过，我见到外公的时候，他早就皮肤松弛，胳膊上斑斑点点，两条腿细得跟竹竿似的，见到外人会一笑，眼睛眯成弯弯的一条线，客客气气的。他脚步极快，大家因而总夸他老当益壮、精力充沛——然而眯眯眼的外公，实在不像大家嘴里传颂的外公——那是个英雄，他深明大义，骁勇善战，所向披靡，一路率领部队，从山东打到了上海。

谁知道算避难，还是下放，总之，外公在盐城住了十多年。我和表妹都出生在盐城。干休所的男孩子们都嫉妒我们有个英雄的外公，其实，我们并不喜欢他，在家的时候，他并不太讲话，笑容也很节省。我们唯一感到幸运的是，每逢过年，大人会推孩子给外公拜年，说新年好，只要说了，“英雄”就递给我们一人一个红纸包，有时塞满了糖，有时会有点钱。

大人们三言两语的议论以及外公的不苟言笑，成就了我的奇异想象。在我的想象中，外公是个有超级魔力的黑脸老妖，他到了夜里一关上卧室的门，就飞回了遥远的山洞，他有许多许多的奥秘，那些傻瓜大人一无所知，而我，终将成为破解他深夜秘密的人。

在南京的第一个夜晚，我几乎没能睡着，爬起来隔着虚掩的屋门，我注视着躺在行军床上的外公。外公睡着了，没有床单，也没有毯子，光光的板床上，他脸朝自己的怀里弯着，所剩无几的灰发微微起伏；外套肮脏，身体佝偻，跟那冬天的路差不多一样的枯干、狼狈。

他居然在屋里，而且睡着了，我模模糊糊地心怀着失望睡着了，我做着疲惫的梦——梦到宁海路71号的楼不见了，只留下个深深的大坑，我在坑底奋力地刨土，土块纷纷从头顶掉落，越滚越大，轰隆隆地就要盖住我，外公从坑顶俯下脸来，冲着我喊："不干了，咱回家……"

新生活就是从这个梦开始的。而这个梦几乎贯穿了我的整个童年、少年时期，我不断地做着坑底挖土的梦，醒来总是累得怅然若失。家具包装花了好几天，摊开来放才发现其实没多少东西，有自行车，有几件柜子和小床。纵然如此，我们还是东摸西摸地忙了两三天。我来回绕着屋子跑，不停地告诉外公厨房是和楼上合用的，阳台是个五角形，小卧室很黑，整座楼和自家的屋子都是空荡荡的，一点也不热闹。

很快就变热闹了。到处塞满了东西，连楼道也没怎么放过。两家人合用的厨房里，楼上那家的阿姨总是在忙碌，因为她家有个瘫痪病人。阿姨五十多岁，略微发胖，脸圆圆的，双颊总是红扑扑的，喜欢穿一件红黑格子的外套，看起来倒是很喜庆。因为脚跛，她在狭窄的厨房间每一个转身，都像巨浪的颠簸，外公每每挤进去煮面，阿姨那红通通的笑容就辗转起伏起来："……你们家这么喜欢吃面条。""一老一小，两个男的，生活到底不方便，你女儿什么时候能回来呢……哎，水开了，不行我帮你……"

楼下不知道哪里退休的局长有个孙子，比我小两岁，大家都叫他扑扑，这个扑扑长了张尖尖脸，皮肤白白的，眼睛小小的，胳膊长，腿长，个头和我差不多高。经常在午后、傍晚，他爷爷就喜欢带着他在楼下搁把藤椅坐着，随时和路过的人闲聊几句，外公很快就和退休局长成了朋友："小小李，来，让我看看你和老李像不像？"那小子缩在他爷爷的身后，愣愣地盯着外公看，一点反应都没有。

后来，楼下闲聊、晒太阳的人越来越多，从我们这个楼道蔓延到了隔壁楼道，乃至其他楼的老头老太们渐渐也在我们这个楼道口的花坛边汇流了。他们大抵都差不多，有藏青或深灰的中山装，一脸的老成持重，捧着茶杯乐呵呵地微笑，眼神转来转去，闪着成年人的精明之光。我偶尔也混进去听听，然而他们讲的都是很大很大的事儿，我后来就不听了。

不过那个扑扑好像天然很呆，他不说话，始终坐在他爷爷脚旁边，一脸怔怔的样子，不知道在寻思什么，外公仍旧会逗他："小小李，来，让我看看你和老李像不像？"他渐渐也不躲了，只是尴尬地任外公扳过他的脑袋左看右看。"……这头顶的涡涡，还是很像的嘛……"

日子过下去，异地的陌生渐渐消退，新生活开始有点起色了，妈妈和姨妈决定添份钱，我们后来就不和阿姨抢厨房了，阿姨买

菜、做饭添我们家一份，等于替两家人做。有了阿姨之后，外公就不再急急忙忙地早早起床做饭，只顾坐在客厅里翻报纸：“你问阿姨去……”

外公坐在客厅里的身影由厚变薄，背心配短裤的天气来了，收垃圾的老头子不知道为什么消失了，一天没来，两天没看到，第三天同样不见影子；而阳光越发地燥热，即便到了夜里，风还是缓不过气来抬起身体四处走走，蒸了一天的热气积攒着赖在地面，怎么也散不干净。

我们这楼里倒垃圾都是从厨房倒的，锅台的水池边有个方形的盖子，生铁做的，又粗又厚，掀开盖子，哗一声，垃圾就顺着粗大的管道轰隆隆地滚下楼去，直接滚到了楼外的垃圾箱里。因为没人收，垃圾的来路堵住了管道，去路漫出了垃圾箱，积得没了边际，从里到外都烂透了，绿头苍蝇嗡嗡嗡嗡地楼里楼外、上上下下飞舞。没到第三天，腐烂的味道就已经顺着管道回了楼里，往各家的卧室、客厅散去。

楼下的人流开始议论、猜测、抱怨，然而他们待不久，没一会儿就受不了那气味，早早就散了。到了下午，阿姨从菜场带回了消息：“收垃圾的大爷心脏病没了，最近没人来收了。”听到这个噩耗，外公翻箱倒柜地找出了一顶旧草帽，穿着开了口的大背心出了门，没一会儿，他推着叮叮当当的垃圾车进了大门，楼前楼后开始收拾了。

“哎呀，您可真是老有所为……”邻居纷纷探出头惊奇地打着招呼，孩子们干脆尖叫着呼啦啦地围了过去。我趴在阳台上看黑乎乎的垃圾车后头，外公皱巴巴的脸在草帽下头若隐若现，白色的大背心摇摇荡荡，盖住了纤细的腿。我趿上凉鞋就想下楼，路过厨房的时候看见阿姨蹲在水池边，腿和肚子折成了几道滚圆的线，她气喘吁吁地正在奋力洗刷那个铁盖子："洗完了封上，以后得下楼倒垃圾了啊……"那红扑扑的笑容还挺天真。

楼下热闹成团，四五个小孩子围着外公打转儿，外公一弯腰，他们就赶紧往地下看；外公抬起身体，他们就开始奔跑；外公去铲垃圾，他们就用脚把垃圾往铲子上拨拉；外公推车，他们就前前后后地跟着；从铲垃圾到倒垃圾，来回好几趟还没腻，玩得欢欢实实的。

扑扑愣头愣脑地跟在他爷爷后头踱着小步子过来了，外公背朝着他们铲垃圾，扑扑爷爷停下脚步招呼说："……刘局，怎么是您打扫？"外公站直了，还没来得及回头，扑扑已经冲了过去，他以迅雷不及掩耳之势，双手一抬，立刻扒掉了外公松松垮垮的大裤衩，嘴里还嚷嚷着："刘爷爷，你和小小刘像不像？"

外公裤子脱落，怔在原地的场景，阿姨说她在楼上看见了。所以，外公面如死灰地一上楼，阿姨的茶已经端出来了："哎，累了吧，喝口凉茶。"外公两眼发直，心不在焉地接过茶水，进房间，很久都没出来。

打这以后，阿姨每隔个一两天就下楼来我们家看看："哎，真的，家里没女人真的不行……我来给你们打扫打扫吧……"头一回，外公还想拦她："宁宁你来……"说着就想抢拖把，阿姨尽管身段有些蹒跚，然而动作敏捷，几闪就一头扎进了厕所，门一掩，哗哗的水声响了起来。外公站在厕所门外，看看我，摇摇头，拿起了抹布。

没几天，家里的窗台都搁了个低矮的红色花盆，绿叶油腻腻的，阿姨欢快地说:“茉莉花一开啊，屋里喷香，人心情好……”

外公的心情果然好多了。虽然他有好些天都不肯下楼，生怕楼上、楼下的邻居看他难堪，但他不出门，倒霉的是我，走到巷口，冷不丁身后就钻出个男孩子要拽我的裤子:“……小小刘，让我看看，你和刘爷爷像不像?”裤子是没能扯下来，我每天几乎都是提着腰带往家狂奔，一群孩子的脸从这个路弯、那个拐口探出来，嘻嘻哈哈，不怀好意地跌足大笑。

我想跟外公诉苦，却找不到合适的时候，不管是吃饭、做作业，还是睡觉前，怎么看都觉着他脸色严峻，难以开口。窗台上的茉莉花，白色花骨朵从零星一两朵，渐渐地越长越多，外公不言不语，从未像阿姨那样感叹过它漂亮或者香，不过他是个负责任的人，每天清晨起来都记得要浇水，还会喃喃自语:“……真麻烦。”我的小小耻辱，始终没机会告诉他。

到了1983年的春节，爸爸、妈妈、姨妈、姨夫和表妹都来了，外公给孩子每人准备了一个红包，这回并没给我们，是给了爸爸妈妈:“这里头是外公给你们存的钱，暂时由你们的爸爸、妈妈保管……”表妹哇地就立刻哭了:“外公，他们不会给我了，我不要他们保管!”就是这乱七八糟的热闹当口，外公谈起了阿姨:“……阿姨帮了大忙呢……她也是一个人……”

表妹还在哭，死死握着红包不肯松手。大人们不再哄她，面面相觑地沉默了下来。我瞅着一桌大人们的脸，不知道怎么了，而外公先是脸色凝固接着就黑了一大片:“你们都有家了能照顾我到死啊！？”是爸爸先发出了呵呵的干笑，那声音像是舌头磕着了石头，疙疙瘩瘩、断断续续、闪闪烁烁：“……这……您作主。”随着他的话，其他人落落寡欢的神气，就和昏黄的客厅灯光一样，绰绰约约的，僵在了半空中。

1990年的春天，我从技校毕业一年半了，从服装厂到镀锌厂，打了一连串的小工。踩缝纫机、踩三轮车，赚了些零花钱就没再找工作，在家准备自学考试。一天晚饭，爸爸说："今天老……阿姨打电话说外公摔断了肋骨，外公有一百九十斤呢，她背不动……”说着，爸爸妈妈都望着我，“宁宁，要么你去照顾外公吧。”

为了出门去医院方便，少走一扇门，外公搬到了客厅睡，原来的藤椅不在了，屋子的正中间青纱帐从吊灯的残枝上垂下来，铺开，把外公整个人包裹在里头。明暗不定的光线摇摇摆摆，外公白花花的脑壳布满了大大小小的褐斑，残存的几根眉毛几乎和眼睛粘在了一起，沉沉欲坠的皮肤拖曳到下巴，本来硬朗的脸形被这垂挂的皮肉扯得不成了形状。

我的房间早就没了，小床小桌都还在，不过如今放的都是阿姨收集的旧鞋子，底下的是用箱子、盒子装好了的，上头的是还没收拾过的。脱了底的皮鞋，裂了口的布鞋，蒙着的灰还没来得及擦拭，房间里一股干燥的灰尘味道。阿姨把鞋子搁到地上，给我铺了床：“宁宁你凑合睡，实在没时间收拾……”

是没什么时间。外公的吃喝拉撒都成了问题。晚饭后洗碗，还要替外公洗澡，而后我们三个人坐一会儿看看电视，外公蜷缩在床上，将青纱帐拉出一条缝来往外看。阿姨坐在床上，一眼看着外公，

一眼瞅着电视，手里还捏着张卫生纸，准备替他擦口水。我坐在床前的长条板凳上，无精打采地听着电视剧里头的人物嚷嚷，想着太累了，是不是该回房间睡觉。

这时候外公开始咳咳咳地用力喘息，他的眼睛睁得圆滚滚的，仿佛受了惊："电视柜上头是什么人？"

阿姨和我看着电视柜，那里有衣柜斜垂下来的阴影，被几处灯光挤进了两个柜子之间的角落，甚至连人影都不像，只是一片斜斜的几何形状。"没有人啊。"我回答。

"就是人啊，两个人，站在那儿，要走过来，你们看……他们在走啊。"

阿姨一把拽下了青纱帐来遮蔽外公的视线："哎呀，谁都没有，你眼睛花啦，休息一会儿吧。"

可是外公不理会她这套，他瘦瘦的手晃来晃去地，硬钻出两根手指来："……就是那儿，你们看，两个年轻人，一男一女，在走过来呢……"

经常如此，来来回回，一直折腾到九点半，外公平静些了，我回房间刚躺下，就听到外公呼哧呼哧地叫我的名字。

每次我撑着他薄如纸的皮肉，扶着他残余的骨架往厕所去时，他那沉重的呼吸就凑在我的耳根；热乎乎的，一股腐败的味道，那声响仿佛是不堪重负，拉得辽远而又漫长——还有他那夜光下那垂暮的，稀稀拉拉的眉眼，经常让我突然感到前所未有的悲伤。

回到房间又睡不着了，我拉开窗户。那是个意外的发现，从我的窗口望出去正对着的居然是家看守所。尖锐的黄色灯光从门顶射下来，铺得门前空荡荡的地面一片惨黄，两个士兵面对面地站着，纹丝不动，半个身体都沉没在岗亭的黑暗之中。我躺回床上，一心听着外公会不会在外头摇铃，半晌才有了睡意，而梦做得参差不齐的，梦到坑，还觉得自己总是听见有号叫声从看守所翻墙而过，或者激厉，或者惊觉。

白天也并不好过一些。屋里永远那么寂静、阴凉，赤脚踩在木头地板上，一阵一阵的潮湿从下往上渗，无论外头是如何敞亮，光线进了屋子，都是蹑手蹑脚的，没了光彩。茉莉花已经长得巨硕了，它们纹丝不动地拉开沉默的叶子，挡掉了半扇窗户。窗外晾晒的大背心，后背总是洇出一片一片的霉点，被外公的汗水焐出来的，再也不能洗干净的斑渍。薄薄的木门后头，渐渐失却了神志的外公，发出的声音越来越少，越发低哑了。

偶尔，外公也能坐起来，他支在窗台上撑着身体往外看，目光茫茫然然地从树枝枝枝蔓蔓的缝洞里穿过去，往大门口望去，仿佛在等谁。

不过，除了家里的大人、小孩，从来没见有人来过。楼里楼外那些热心的大妈们，穿过楼道时如同疾速飞翔的鸟儿，啪啦啪啦几声就消失不见了。这套曾经噼里啪啦奔跑的房子，如今只有一片空空的死寂，有时，我会特意弄出动静来——用力地洗脸、大声地咳嗽、招猫逗狗敲敲玻璃窗，上完厕所多冲两把水。

外公没病，他只是摔断了肋骨，人又老了，皮肉骨头就这么渐渐分解开来的样子，一点点颓败了。大部分时候，他还挺精神的，头脑也算清楚，虽然这清楚的理智，并不妨碍在某个瞬间，他整个人像从我们身边走开了，我们讲什么他都听不到，思维兀自往远方不知哪里滚动：“你们看，那两人还在呢，高的在和矮的说话，哎呀，他们要过来了……”这垂死不能、蹊跷的幻灭气息，让我每每一进家门，心脏就不自觉地收缩。面前这个现实的生物世界，像一把锋利的针，往我赤热的青春梦上扎了又扎，刚一暖和，瞬间就嗖嗖地漏光了。

去照顾外公之前，我认识了几个夫子庙做服装的哥们儿，有个叫秦刚的，专门卖外舶来的打包二手服装。他挂出来的衣服，款式颜色都有型。我告诉外公我想去出去走走。外公同意，我就骑上自行车直往夫子庙奔。秦刚的衣服不在摊点卖，就搁在他自家的房子里，屋里堆得到处是包裹，人缩在角落里拆包整理，烫过了就挂在院子、客厅等熟客。我一边挑一边告诉他，我外公恐怕不行了。他嗯嗯嗯嗯着，心不在焉地说咱一起去深圳吧，哥儿俩一起做生意。我说我想唉，但不一定呢。他嗯嗯嗯嗯地，又叹了口气。

我挑了一件淡黄的衬衫，一件墨绿的西装外套，还有一条牛仔裤，塞进黑色塑料袋回了家，为了活跃气氛，我特意站到外公的床前，一件件地抖给他看。当然不能告诉他这是洋大人的旧衣服，我告诉他是新的，外国货，料子好，做工好，式样也好。外公眨巴着眼睛，听着，一言不发地打量我手里的衣服，鼻子里喷出来一股长长的、鄙夷的气流。

索然无味，我收起了衣服，回到外公的床前，问他要不要坐坐。连接的暴雨终于停了，这会儿，风清冷清冷的，很舒服。外公说好，我扶着他坐起来，和他一起看窗外。百无聊赖地问他，你能不能讲讲那英雄的生涯，比如，怎么指挥部队的？那些个老战友，都是自己组织的吗？是从自家人开始的，还是外头招的兵？跟我讲讲，我也去组个部队玩玩。外公板着脸，用力地摇摇头，他一笑，空荡荡的皮肉就摇摇摆摆，大概是不值一提的意思，反倒像极了讳莫如深。他不再理我了，目光调开去，瞅着那座森严的看守所。

吱呀一声，看守所那摊子坚硬的壁垒先是开了小门，紧接着，一队队整装待发的士兵踏着重重的脚步跑了出来，齐齐地把守了路口。随后，中央的大铁门也轰隆隆地移开了。一辆接一辆的卡车鱼贯而出。卡车的后厢有一道道的铁丝网盘绕，隔着这封锁的网，是一张张男人的脸，有的苍白，有的血红，有的蜡黄，有的咧嘴大笑，有的呆若木鸡，有的横眉冷对。他们穿同样的白条纹衫，那古怪的神态，个个都像扒在缝隙上的嘴，冲出来的愿望呼之欲出。而那些警惕的士兵，支着枪，端正的瞄准姿态，耐心等待车队缓慢地流过去。

这直着身体端着枪，这扒在铁丝网上往外望，这互相对峙的僵硬姿态让时间变得无比缓慢，感觉像是隔了很久，最后一辆卡车才缓缓地出来，大门在它身后嘎吱嘎吱掩上了。接着很快，好似没几秒，那些个持枪的兵迅速不见了。就是这个时候，我家的门响了，我不确定地又听了听，是真的，而且越来越响，还夹杂了一个陌生男人的声音：“……在家吗？”

是一个模样斯文的青年男人，大约三十多岁，门一开，他微微欠了欠身体，似乎要鞠躬的样子：“哎，我是从台湾来的，我来看爷爷的。”我侧身让他进来，打量着他身上那件蓝白条纹衬衫，质地、式样，以及这一连串动作的微妙尺度，电视上听过的口音——确信，这个人确实是台湾来的。

阿姨倒了热茶之后，退回到厨房，我也惊愕地回了房间，留了条门缝，偷听他们时高时低的谈话。偶尔清晰，大半模糊，感觉气氛渐渐先是惊诧而后变成感叹，再后来外公就叫我了："宁宁，你要叫表哥的……"我去了外公床前，尴尬地叫了声表哥，表哥笑眯眯地瞅瞅我，点了点头。外公显得格外高兴，他脸颊潮红，眼睛熠熠发亮："……我大伯家的，和你一辈，从台湾回来了，回来了……"

我呆呆地站着，还有点回不过神来。这么多年，从未听说我家有什么海外关系。这不是倒霉催的吗？而这位从天而降的海外表哥，乐呵呵地伸出手来要和我握握，沉寂半晌的阿姨也仿佛突然鲜活了，她手脚麻利地从厨房钻了出来，拎着脏兮兮的菜篮子声调昂扬："我去买菜，买菜去，你们好好地聊聊呀。"

不过，根本没聊多会儿。我回了房间，只听了一两首台湾歌曲，就听到外公又叫我了："宁宁，表哥要回上海，你送他下楼……"我愣愣地奔出房间："留下来吃饭啊。"表哥微笑着摇头，用软绵绵的台湾腔回答："不啦，要赶回上海，然后香港……"我低头看看外公，外公半靠着枕头，眼神混沌地望着我，语气坚定："……宁宁，你送哥哥出去。"

我心不甘情不愿地陪"海外关系"下了楼，替他拉开大门，告诉他应该怎么走，他满面微笑地连连点头，走出大门前，还踮起脚往楼上看，隔着遥遥的空气和模糊的纱窗，抬高了嗓门，亲热地叫道："爷爷，保重身体呀。"耳朵不好的外公居然真的听见了，他含混地嚷嚷了起来:“好，告诉你家的也保重！”

我趿拉着鞋又回到外公的青纱帐前，把那条日本产的健牌香烟从床头柜上拿了起来，嗅了嗅:“好烟啊，外公，你看人家这包装、这味道……”外公闭着眼睛，喉结缓缓地转动，没搭理我，我觉得无聊，放下烟想走了，他才开口:“想要，就拿去吧。”

我拿了烟，还是没出屋子，磨磨蹭蹭，东摸摸，西找找，外公听到我的动静，问:“……怎么啦？你在干吗？”

“家里难得来客人……”尽管外公没睁开眼睛，我还是忍不住扬了扬手里的那条烟，“他……表哥还会再来吗？”

外公眼睛睁开，那昏昏沉沉的瞳仁，还是像被眼白里的水泡烂了，水汪汪、白花花一片，笔直地从我脸上越了过去。望着不知哪里的远方，也许是柜子后头根本不存在的阴影处，以一种淡漠的语气回答我:“不会来啦，他爷爷奶奶，都是我当年枪毙的。”

扫码分享电子版

痕量

我的小学和我爸爸上班的厂子隔着一条脏乱的小巷，小巷有个文雅的名字叫作安心里。我叔叔家就在安心里尽头的两间房里，他家那头有一道红墙，过了墙就是公用厕所。

君扬是叔叔的儿子，他比我小三岁，刚刚读一年级，每天中午都会自己煮面条吃。他煮面条的时候，我喜欢蹲在他家的煤炉前捅火星，有两回火星都溅到沙发上，烧了几个洞出来，把我们吓坏了。

我已经四年级了。在三年级之前，都是妈妈送我上学，放了学再来接我。从四年级开始，她只送我上学，放学让我自己回家。我一路穿过叔叔家的安心里，再经过爸爸的耐火材料厂，笔直地过了十字路口，顺着一条长长的上坡路走，蹦蹦跳跳地走过沿街破墙开的店，卖冷饮的，卖纸牌的，卖菜的，那些门口挂的牌子用的都是红漆，刷着“价廉物美”“为民服务”的字样，到了坡顶就是我家。我家住在最高处，是唯一的一幢六楼，孤零零的，我家在六楼的最东面，楼下有县政府立的界碑，我家就是张县的边界。

我们这栋楼都是耐火材料厂的——不过耐火材料厂是个过时的名字。以前是国营的耐火材料厂，爸爸大学毕业就分配到这里，不过到了我上学天天经过门口时，外头挂的牌子是——中德合资艾力克耐火材料有限公司。这公司是张县第一家合资企业，厂里的几个德国人每每进出，都有人群远远地指指戳戳，大家都好奇得要死。这些长得怪模怪样的家伙，很快就成了整个张县的名人，走到哪里，大家都认识。

爸爸厂子合资的时候，叔叔刚刚下岗，就在这条街的一个家电修理店找了份工作，修修电视、冰箱什么的，偶尔碰到他，他会买一包薯片塞给我，要是我不路上赶紧吃完，回家爸爸就扔掉了。爸爸常常拿叔叔当反面榜样教育我："你看见没，不好好学习，将来你就住你叔叔那种房子，吃你叔叔吃的垃圾食品，还未必找得到你叔叔的破工作。"本来我根本没放心上，然而我爸爸刚讲完，我妈妈就开始跟我讲，你爸爸讲的话，不要到你叔叔面前说去，君扬面前也不能说。

哦？于是，我记得的事情越来越多。

君扬长得像他妈妈，眼睛亮亮的，鼻梁高高的，从小被人夸漂亮。上了学，成绩好，也被人到处夸。他就指着这些夸奖活，中午我拿着饭盒去他家热，总是一边吃一边玩。他呢，一边下面条一边背书，声音还故意特别响，就指望邻居都听见，时不时会有个老太婆老头子出来夸奖他。

我们差不多就这样。我成绩不好，君扬成绩好，我爸成绩好，他爸成绩不好。我只知道玩，他使劲地学，我们两个不管是走在一起，还是蹲一个房间，都像两条轨道，从不相交，各干各的。即便我爬到他家的橱子顶上，或者用力捣煤球，他都装作没看见，只是把背课文的嗓门提得越来越响。反正，等到闹钟一响，他就叫我收拾东西去学校，路上要是我追只狗什么的，轻松就把他跑丢了，反正他不等我，头也不回地继续走自己的路。

妈妈问我："怎么你们这两孩子就合不来呢？"听到她这么傻的问题，我都不吭声。我觉得君扬的妈妈就不会提这么傻的问题。他妈肯定会说，你能跟人家比吗？人家爸妈可比你爸妈有钱——他妈当我面也这么说过。

其实我们有合得来的地方。

学校的后墙破破烂烂的，因为这边是耐火材料厂，那头是安心里，三个边相邻谁也不管，所以很长时间都是学生游戏的好地方。小孩子把墙底洞越钻越大，后来大孩子们干脆将墙拆了半截，他们随便进出。而踩着旁边残破的砖还能顺当当地翻上墙头，沿着那头人家狭窄的后窗，贴着拖拖挂挂、破破烂烂的铁丝网走墙顶。翻到这头是我叔叔家的安心里，那头更开阔，是耐火材料厂的一个废车间，难得有人影，有扇铁门挂的大锁都生了锈，和前头在用的厂区是分隔的。

这个废车间有三间整整齐齐的红砖房，也都上了锁，窗户还钉着木条，木条已经被常来常往的孩子们扒断了，横七竖八地支在窗口，屋里头只有一地厚厚的灰，一台陈旧的车床。而屋外的空地野草繁茂，夏天最旺盛的时候，差不多有我的腰那么高，只要有人来我们就蹲下去，从来没有被发现过。

沿着杂草和房子的墙角，有一条细细的泥渠，大概是以前用来排水的下水道，闲置以后泥越积越深，通道堵住了，水渐渐积起来，混浊不堪。我们在里面摸龙虾，春天的时候还是小小的，细细的，青色透明，从泥里摸出来的时候要小心，外壳很软。渐渐往后到了夏天，颜色就渐渐地红了，壳也变硬了，不再是透明的了，可以用力拽出来。不过到了这时候，就要小心捏住腰身了，因为钳子也结实了，要是夹住手指可疼呢。

本来这块地方是我们的乐园，和君扬一起吃午饭，我带他去了两回。和他一起摸虾，打破窗户去房间看看车床，钻得一身的灰，我们还在草丛里找到了几块残碎的青砖，上面还刻了字，看起来挺古老，有满满的青苔。至于摸到的虾，带到他家养了两天，它们撕肉的动作轻快，可好玩了，不过只过了两天，莫明其妙地全死了，君扬后来不肯去摸虾了，他要回家看书。我只好说，咱们顺着墙走，走一条回安心里的奇路。

其实之前我也没走过。等我们爬上墙的时候，我才看到附近的地形。往安心里的那段墙挺平整的，并不算长，到尽头拐弯的地方，大概不过五十米。远远地看过去，那个拐弯口就挺像叔叔家的房顶。破碎的黑瓦，高高低低的杂草，哪里看着都差不多，然而贴着他家外墙的那棵大槐树以及槐树底下的公厕木板房，应该不至于认错。我骑在墙头兴奋得手舞足蹈，哇，这条回家的路最近嘛。

开头的那一段平平整整的，很好爬，到了中间因为有人家搭了个大大的鸟笼架，我们还没有爬到近处，那些笼中鸟儿就被惊得扑腾扑腾地尖叫，一阵羽毛乃至鸟屎的飞灰迷了我们的眼睛和嘴，君扬一脚踩歪，卡在一只鸟笼里，只好坐在原处脱掉了鞋子才拔出脚来。之后的那段不算难走，无非是裂缝多，野草从里头盘根错节地长出来。终于，我们顺着大槐树滑下去，恰好落在了臭气熏天的厕所一边，我浑身是汗，绷得紧紧的手脚顿时松了——成功了喔！

那也是我头一回看见好学生君扬这么激动，他浑身好似都散着腾腾的热气，面颊红扑扑的，眼睛亮得跟发高烧似的。看他这么高兴，我也高兴坏了："以后我们不走路了，就爬回来吧。"他点头。

那段时间耐火材料厂也开始裁人了，我家楼下一层人家在破墙施工，听说要开麻将馆。爸爸讲，一楼部队转业回来，什么也不会(你要是不好好学习，以后和他一个鬼样子)，所以合资才丢了工作，只能自己想办法开支了。

楼道一天比一天难走，开始堆放的是锥子、绳子什么的，后来就是一袋袋水泥、木板。最早大人能擦着衣服过去，后来只有孩子能顺利过去，大人非得侧身踮脚才能上楼了。楼上的邻居多少都说过几句，但还这样，大家也就不再说了。

就是那个周末吧，我跟爸爸妈妈逛了街回家，一进楼道，看见那堆得满满的水泥袋外侧又添了几个厚木板。爸爸突然两脚就把木板踢翻了——翻得太不是位置了，噼里啪啦尽数倒在楼梯扶手上，硬生生把路横拦住了，连我都钻不过去了。

依爸爸的心意，他大概是想找把斧头来，把木头全劈烂了，踩着上楼。不过，他是个文弱的书生，脾气虽然暴躁，然而体力不够。我和妈妈看着他突然发作，一声不吭。他的脸瞬间就扭曲了，像动画片里那种会喷火的龙，一句话也没说，头也不回地转身走了。

我和妈妈站在原地，傻了眼。而后我妈叹着气去抬那些木板了，也就刚抬起来两块，还有几块横在扶手上呢，那家的男人就出来了，一看这情形脸就黑了：“这怎么回事儿？”

我妈也挺生气的，她嗓门一大，两人就吵了起来。反正，也没吵多久，大概也就不到十分钟，我们看见叔叔披着件白衬衫，晃啊晃地来了。叔叔一到天热就不系扣子了，穿衬衫敞开前胸到处转悠，大摇大摆的模样和爸爸很不一样。

叔叔进来根本没说话，目露凶光，飞快地蹿过木板缝，一拳头就砸在了人家脸上。那人扑通，真的是扑通，声响我听得清清楚楚。他扑通倒在了我妈刚刚扶起来的木板上。木板本来是斜搭着水泥袋的，他人一倒，立刻把木板又压歪了，哗啦啦的一连串响动，人跟着木板，立马滚地上去了。

接下来的事情，我没看见。我妈捂住我的眼睛，把我拖出去了，她一定要拉我上外婆家去，所以这之后，就全是听叔叔自己说的了。叔叔后来还叫了三个兄弟去——兄弟？我不明白，他们兄弟总共才三个人嘛，我爸爸根本没去。叔叔笑着解释说，亲兄弟那有什么用，结拜兄弟才有用。你明白不，你叔叔外头混的，谁敢欺负你，叔叔就帮你揍他。

外头混的？我有点懵。我妈曾说过，不要跟那些外头混的玩，那都是坏孩子。叔叔看出来我的脸色，笑哈哈地说，你害怕啦？怕啥呢？你叔叔是保护你们的，不是欺负你的。说着，他把那挂在身上从来不系扣子的白衬衣脱了，握着拳头做了个举重的姿势，你看我这身体，棒着呢，一个打仨哦。

叔叔本来也没有时间和我聊天，不过有一天中午他在家。他告诉我说，局子里的兄弟叫他去谈了谈。他讲话的时候，君扬在下面条，手法熟练。他总是一回家就点煤炉烧水，而后就从窗台上拣把青菜哗哗地洗，沙沙地切，从抽屉里摸出挂面袋子，准确地抽出一把，恰好一个人的分量。水开了，扔面条，再滚了就把青菜扔进去。我老看，也记住了。

总之，君扬专心致志地煮着面条，好像我们说话他一句也没听到似的。其实他家只有两间房，确切地说只有一间半，半间是从正屋侧凹进去的一个放床的位置而已，没窗没门，黑洞洞的，平时拉上帘子就是他们全家的卧室。外头完整的这间，是拥挤的客厅加餐厅，大橱、食品柜、电视柜、小圆桌挤得满满当当。他就站门槛上看着门口的煤炉，怎么可能真没听到。但他就这样，怪怪的，都不往我们的方向看，除了开冰箱的时候背朝着我们问了句，你们要不要榨菜。他爸爸说，嗨，你是不是不知道你爸呀，当然要。

我家没叔叔这么激动，我们挺清静的。那天晚上，我和妈妈挺晚才回去，楼道里黑漆漆的，灯不亮了，楼道也清理干净了，跟从来没堆过东西似的。一楼屋里黑着的灯，没有人在家的样子。我家的灯亮着，爸爸坐在沙发上，电视开得声音特别大，他闷着头在吃核桃，用牙签在挑缝隙里的核桃肉，我们进门他就笑，嗨，我还没吃晚饭呢。我妈不理他，一个劲地催我脱掉球鞋，这两天天气好，你赶紧把鞋刷刷。

后来很长时间，我们都没怎么碰到一楼那家人，他们把通楼道的门封了，在楼前头开了扇门进出，楼道的门积的灰一天比一天多。

而麻将馆开了，路过时常常听到哇哇啦啦的笑啊叫啊，偶尔碰到他们，不管男人还是女人，他们都装作没有看见我们家的人。真清静。

其实我激动了好些日子，经常会想象那些我并没看见的场面。譬如，叔叔的兄弟们是怎么把楼道清理掉的？不对，肯定不是他们自己清理的，应该是他们逼那家人自己清理的才对。想着他们得一点点地清理掉那堆一米五高的水泥袋——和我差不多高，还有竖放的木板条，个个都有半个人宽，扛起来也很不容易。哎呀，扑通，那个倒下来的人下意识想撑住木板，结果哗啦啦跟木板一起倒了下去。壮烈。我心情澎湃着，难以忘怀。

君扬渐渐和我关系好多了，我们放了学找个老师不注意的空子就从后墙爬回他家，这个共同的秘密让我们简直亲密无间。午饭的时候，他偶尔也肯拿起木棍跟我打一会儿仗了。上学路上，也会跟我一起追狗玩了。我骄傲地把他渐渐活起来的样子当成了自己的成就。当然啦，我的成就是自己的秘密，不能跟我妈讲，否则她会质问我，我让你跟君扬学习刻苦，你倒教人家怎么犯坏。

不过，君扬不肯提他爸爸，我好几次想和他聊聊他爸，哎，你爸爸的兄弟都是谁？你看过他们打架没？怎么他还有兄弟是公安啊？为了让他回答，我还故意谄媚地说，你爸爸真厉害。然而不管我怎么说，君扬的脸都立刻变了颜色，王顾左右而言他地说，怎么，你爸爸就没有兄弟啊？你爸爸的兄弟还是修电视机的呢。

其实我是真心的。有一回放学的路上，外头混的大孩子抢我的游戏机，还拿砖往我后背上狠拍，我一路哭回家去，爸爸很生气，他把我拽下楼，拎了一块大砖往我手里塞，你给老子打死他们去，打死了爸给你赔！我一屁股坐地上号啕。没用的孩子。爸爸鄙夷地说。是呢，没用。不像叔叔那么强壮，用拳头硬生生地打出自己的世道，也不像爸爸能考出好成绩，当个工程师，住进楼房。我只会放放火爬爬墙，跟在妈妈后头买东西，这样我就挺高兴了。

我是个没用的孩子，而君扬觉得他有个没用的爸爸……也许，我爸爸讲的那些难听的话，隔着日子，隔着我或者爸爸的脸色、动作，他都听得清清楚楚……难说每回爸爸训我的时候，他是不是都像亲自在场。

但我们爬了那么多次，都安安全全、高高兴兴的，谁能料到他会踩断树枝，手没抱稳，眨眼间就笔直地掉进了粪坑呢？

那天差不多快四点钟的时候，安心里静悄悄的，闷热还未散尽，蝉鸣一浪接一浪混着空气浮在半空中，悬而不决，死而不僵。君扬掉下去的动作快极了，我眼睛还没来得及眨巴，他已经哗哗哗哗，和纷纷坠落的槐花一起泡在粪坑里了。就一个趔趄，整个人扎了进去，很快他的脑袋挣扎着出来了，湿淋淋的，挂了一缕一条的屎尿以及槐花。

我先是看着他七挠八抓的，没反应过来，等到他奋力爬出屎平面的时候，我没忍住哈哈大笑。那厕所是木板搭出来的蹲坑，只有一半的顶，另一半是空的，人蹲着茅房还能仰望天空。君扬是擦着木板边缘掉下去的，那块木板还好端端地搭着，只是微微晃了晃。我抱着枝条从树上往下望，看着他在那块结结实实的板儿下，挂满了花儿的脑袋一飘一飘的，滑稽极了。

没那么严重。我顺着树干下去，他也爬上来了，坐在蹲坑边上

鼻涕眼泪哗哗地往外流。我问他要不要舀一瓢水帮他洗洗。他抹了抹脸，没理我，只顾着把那些条条挂挂的手纸什么的从身上、头上摘下来。

就这么简单，君扬再也不和我说话了。他自己进了家门，任我怎么叫喊都不出来。我回了家，忍不住去厨房找我妈。我妈听完了，唉呀，一声长叹，唉呀，又一声。她一边切菜，一边说，你个废孩子，就知道玩。以后不许去叔叔家吃饭了，你跟妈去单位吃吧。然而，我想知道的答案还是不知道——这一切这都是为什么。

夜　车

有些城市里，出了门你会和别人擦肩而过，也许，还会有人偶尔地撞到你，或者是你撞到别人。不过，那些都不是埃德蒙顿。

埃德蒙顿是一座空荡荡的城市，建筑零星，街道零碎，还有漫长的山林。在这里，如果不是故意，没人会意外地碰到你。

有半年了，他找到这份工作。这是一个巨大的工程，而他的工作是开班车。半年以来，他每天清晨四点钟就起床了，车子开出来的时候，天色还是黑洞洞的，车灯划破前方固若金汤的没有止境的黑暗。然后，车子拐到一个个路口，各个工地的工作人员打着哈欠接连上车，而后再开往深山里去。

对这些上车的人，他有点滴的印象。最年轻的是个姑娘，她上车的时候总是抱着枕头和毯子，毫不犹豫地睡过去。到了便迷迷瞪瞪地下车。他完全没见过她清醒的时候。

后排有个男人总是戴着眼罩，睡着的时候鼾声很大。

第一排，最靠近他的位置，则是个不声不响的女人。她大约四十岁左右，不高不矮，不胖不瘦，微微卷的头发披在肩头。有时她会闭上眼睛，然而大部分时候都是睁着眼睛，一点睡意也没有，沉默地看着路的前方——没有风景，无非是那一片车灯刺出来的昏黄，雪雾的时候，会变成破碎飞舞的颗粒，以及包围了车子的、更大的黑暗。

他时常清楚地感觉到，整个车子陷入了睡眠。只有他和这个失眠的女人是清醒的。

他太寂寞了。他在这里常常会想到，大概只有剧烈的碰撞，才能感觉到温度是存在的。

第一次说话是因为他太困了，主动和她说话。那是在上班的路上。

说话前，他看了她一眼。透过眼镜镜片，他觉得她的眼神像冰冻的，有怨恨在瞳孔里。

一个悲伤的女人？他想。然而他其实讨厌自己这么想。

中国人？他用英语问。

女人点点头，露出一丝不满的微笑。

他觉得她也许积郁成疾。然而在这里，丝毫也不奇怪。

我也是。他开始说中文。

女人继续点头。

哪里人？

山西。女人简短回答。

我是吉林人。他对着空荡荡的路面微笑着说。

第二次是在下班的途中。她发现他的疲倦，主动和他说话。

你出国有多久了？

那天大雨，刮到灯光下的雨狂乱地旋转，他感觉自己的注意力就像摩天轮似的开始打转，他甚至有点感激她说话。

有七年……多。他添了一句反问，那，你呢？

五年了。她思忖片刻，像是有话想说，但并没有说。

他自己继续说了下去。

七年多吧，有半年读书，一年多没找到工作，做了四年电工，后来就开车。

你在国内做什么的？她看着他的眼神，仿佛是说，我知道，我能理解。

教哲学的。他感到这个回答令他自卑。脸庞发热。

嗯。她笑了。那也许还是电工好些。她客客气气地回答。

他也笑了笑。

车子沙沙地穿过草地。后排的鼾声突然更响了，间歇还夹杂了尖锐的呼啸声。

她笑出了声。一时间他以为是自己的错觉。他回头看看她，跟着嘿嘿地笑。

本来上班的时候，她第二个上车。下班的时候，她是倒数第二个下车。日子都有条不紊过了很久，第一个人休了产假，夜里十一点，所有的人都下了车，车里只剩下他们两个人了。车子离她家越来越近了。

再不说话就得说再见了。他轻轻地咳嗽了一声。她突然开了口。

“你喜欢我吗？”

他的心脏猛然地一跳。

她又问了一遍：“喜欢吗？”

“喜欢。”

“真的？”

他顿了一顿，感到呼吸困难。

“真的。也许。”

“你会爱我吗？”

从恐慌，变成了恐怖。然而，仿佛黑压压的夜色鼓励他继续说。

“……爱……？”

“你想，你什么时候会爱上我呢？”

他突然觉得神清气爽起来，仿佛全然清醒了，血液舒服地往下肢流去，身体好似开始暖和了：“那么……就现在？”

“现在……你想不想带我去哪里？”

他思忖片刻：“河谷。咱们一起看水獭去。”

他停了车。天色乌黑，灯光喷着吐着落在路边的野草上，浮起了棕色的、黑色的波纹。有清晰的水流声，然而方向不明。水獭大概都藏匿在水的最深处。

他看着窗外，没挪动身体。她也没有，她隔着他往车窗外头看了看：“太晚了，去我家喝茶吧。”

他发动了车子。接下来的三秒或者四秒，他们都没有说话。车子迅速地沿着路面往前奔去，方向是一摊浅浅的昏黄。

她的公寓里，抹布都卷成小卷，整整齐齐地排在水池边的塑料盒里。她从挂钩上取下一个杯子——挂钩上一排一模一样的杯子，一红一绿，间隔排列。仿佛她一切都有稳定的格式。这让他暗暗感到自己的悲伤。

她慢条斯理地洗着杯子，拉开柜子给他看一排排的包装袋。

"想喝什么茶？有奶茶，有绿茶，有红茶，要么来点乌龙？"

"从国内带的吗？"

"是啊。"她拆了包装袋，茶叶沙沙地落在杯子里。

她用咖啡机泡茶。水迅速地烧滚了，滴进了茶杯。她专心致志地看着滴下来的水。

他走向她，想是不是从背后抱住她。这难道不是她的真正目的吗？可是，走了一半，他的勇气突然就没了，他转身走向卫生间，百无聊赖地洗了洗手，坐在马桶上，定了片刻神，开始冲水。水声大得可怕。

水箱是不是漏了？他轻轻地掀起盖子看了看，似乎没坏，放回原处。

水箱发出轻微的咔咔声。他在激烈地斗争——她是这意思吗？难道他误会了吗？

他觉得这是个误会。

他推开门，清了清喉咙："我该走了。"

"茶刚好，喝一点吧。"她看了他一眼。从她的眼神里，他什么也猜不出来。

茶水渐渐有苦味出来了。好似有一年了，舌苔没有这样的感觉，复活的感觉。

但是，复活？

恰好是一年前。他的新娘从老家给他带了高山乌龙，茶叶还没有喝光，她就迅速地消失在了埃德蒙顿的大雪中。那天下着大雪，堵车很厉害，他晚上八点多到家，开门才发现，她的东西全不见了。家里并没有什么贵重的东西，她拿走的只是电脑、戒指、相机，银行卡里的钱提了一大半。

还是给他留了生活费的。她也并非毫无怜悯。

他开着车一直追到了多伦多，冰天雪地的。他居然想也没想，就这么开了过去。

她在和一个伊朗人同居。是他业务单位的一个小老板，来埃德蒙顿出差有一个月，恰好把她带走。从她的新家出来，没什么收获，也没有什么事儿可做，他去逛了逛超市，意识到多伦多的大米便宜很多，便一口气买了八袋，装在车里开回了家。

八袋大米，到现在都没吃完。

他们还是沉默。他望着她空空的长条桌，只有一台电脑，几张广告纸，她坐在长桌那头，微微抬起头望着他。面对面地坐在长桌两端，就算是伸直了手臂，互相也是够不着的。他想这也许是房东的桌子。

这个场面有点奇异。一个男人，一个女人，他们本来素不相识，这会儿也谈不上相识，只是在异国他乡，同时落进了一个巨大滚动的工程之中，没名没姓。突然被寂寞冲进了某间并不恒久的公寓客厅里。

碰撞。温度。他站了起来。

她握着茶杯，看着他。

他走到她身边，摸了摸她的头发。

她抬起头，笑着说。谢谢你陪我喝茶。

听起来像是道别。他的手搁在她的肩上，迟疑不决。

她又说。

很寂寞。

她站起来，靠住他的肩上，重复了一遍。

太寂寞了。

他感觉像是刚喝进肚子的乌龙在体内迅速燃烧了起来。

第二天清晨，黑压压的天色有一道薄薄的、粉红的光。

在她家的拐弯口，他等了有五分钟，人还没来。

他接通指挥中心。指挥中心回复说离职了。以后也不用等了。

滋啦，滋啦。电流突然消失了。

车子微微弹了一下，上了路。

那个抱着枕头和毯子的小姑娘，上车以后还是倒头就睡。

打鼾的男人也戴上了眼罩。

没人会想到有人消失了。他想。

在深浅不一的睡眠动静中，他突然感觉到腰胯的酸痛，昨夜刚刚滋润的身体似乎又开始枯萎了。

他无声无息地打了个哈欠，看着前方。

邻　居

第一次走进这家还算宽敞然而略微有些晦暗的店里，她就忍不住哆嗦：哇，就是它，终于要有属于自己的店了。

店面有三十多平方，整齐地摆了五排货架，白茫茫的灯光，恰好与这儿一年有半年在下雪的气候相得益彰。

摸着光滑的货架，她的心雀跃得想要狂欢，却又不得不忍着、忍着、忍着——至少，不要在卖主面前露出捡了便宜的模样。

前一任老板也是香港人，儿子去温哥华上大学，干脆举家搬去，于是店面就要转让了。看起来，卖主并不关心他们怎么想，他只是急于脱手，没说两句话，就把货物也折价一起卖给了他们。

一笔相当划算的买卖。他们办完了手续，一没装修，二没歇业，小店在两个主人之间易手，只不过是收银台的后面某天突然换了一张面孔罢了。

她在店里的第一天，是十月里初冬的一天。雪下了一夜，薄薄地铺了一路，还接着在空中漫无边际地飞扬着。她早晨六点就开了店门，心里还在琢磨，这么早恐怕不会有人来了。

但没一会儿，印度木工就来了。他披着一身的雪花，笑眯眯地和她打招呼，拿了一包烟。后来，她就摸出了规律，他每隔三天，总会来买一包烟。

三两次下来，她发现，其实木工不抽烟，抽烟的是他未成年的女儿。

她隔着店门看见木工将烟塞给他女儿时，还和丈夫提了一句，那个住在对面的木工，是给他女儿买烟的，这能卖给他吗？

丈夫不以为然地说，你管他。他掏的是他的证件，我们又没有卖给未成年人。

说的也是。

那是个漂亮的女孩，常常就在她的店门口等朋友。有一双又大又深又亮的眼睛，喜欢戴一枚亮晶晶的银色耳环，她总是宛如舞动，身体、耳环、长头发晃过来晃过去，她走路的时候不抬脚后跟，一路的踢踢踏踏，鞋底在裙底若隐若现。

女孩的身段高挑，看上去足有十六岁。不过木工有一天告诉她，他女儿十三岁。

她还挺吃惊的。有一回，她还看见女孩和一个穿着黑色皮夹克、扎着鼻环的印度男孩动作娴熟地搂搂抱抱。她想，年轻真是资本啊。

货架要再刷一刷了，黄，还有裂缝。她对丈夫说。

灯光也黄，谁在乎呢？丈夫漫不经心地回答说。

店门开了。进来的是个常客，她转到了货架后头。

这个女人每隔一天就会来买酒，她大约五十多岁，总是穿着一件白色的棉衣，胸前滴着暗黄的酒渍，那头纯正的金发乱七八糟地挂在双颊边。整个人透着股萎靡不振、奄奄一息的气息。

为什么她今天感觉不对？是因为进来的时候走路趔趄吗？

她想着要去仔细看看，门接着被推开，木工跺着脚进来，拎了个工具箱。

她把烟搁在柜台上面。你看呢，我们的货架要不要重新刷一遍呢，都有裂缝了。

丈夫翻了个白眼，还能凑合用吧？

木工客气地笑笑，哎，我有些剩下的漆，淡黄的，要是你们想刷，我就给你们提来。

好好好，实在太谢谢你了。

就是这个时候，她看见白衣女人绕过货架出了门，脑袋埋得低低的，金发挡了大半个脸。

木工走后，她看见柜台的漆也掉了一块。

她越想越觉得不对，冲到放酒的货架上，发现少了两瓶 Colt。

那个女人以前每次来，都是为了买这种廉价酒。

她愣了愣，回头对丈夫说。这个女人，偷了两瓶酒。

卸货的时候，女孩在门口，显然是等那些男孩，她掏出烟来。

风有点大，女孩用围巾挡住风，脑袋凑在自己的怀里点。

你什么时候开始抽烟的？

女孩看了她一眼，慢吞吞地回答，两年了吧。

整整两年。以前妈妈帮我买烟。现在是爸爸。女孩补充说。

你妈妈呢?

她回印度了。女孩耸耸肩，简短地回答。

她没再回答。没什么特别。

女孩深深地吸了一口气。真冷。

仿佛是自言自语，她也跟着说了句，真冷。

男孩子们的破吉普车咔嗒咔嗒地停下了，他们隔着车窗朝女孩打着手势。

女孩叼着烟，跳上了车。

车子走了，她看见女孩的脸贴在玻璃上正在看着她。

突然降了温，天气预报说夜里降到零下三十五度。

雪还在不停地下，风呼呼地刮，树上、房上的雪又被吹在半空中，晚饭后已经积得盖过了膝头，她在店里百无聊赖地读小说。

门吱呀吱呀开动，因为门口清理不干净的积雪，声音格外地局促，漫长的吱……一个短促的呀，冷风钻了进来。

她抬头，那个女人的脸苍白憔悴，硕大的黑眼圈，乱七八糟的金发。

丈夫一个箭步过去，手撑在门上，把门拉得大大的。出去!

女人站在门口，既不进，也不退，并没有表情，好像根本没反应过来似的。

冰凉的风啊，她打了个哆嗦。

出去！丈夫重复了一遍。他穿着薄薄的单衣，冻得够呛。

女人张张嘴，退了两步。

丈夫啪的一声关上了门。

女人隔了玻璃门看着货架，呆呆地望了一会儿，走了。

雪太大了，今天不会有人来了。她和丈夫说。

没过一会儿，住对面的公车司机来了。他拿了包烟，在柜台前磨蹭，仿佛有事儿。

还要点什么?

司机清了清嗓子，咳嗽了一声，我太太刚来买酒……

你太太？丈夫茫然地重复了一遍。

是啊。我太太。司机重复了一遍，取出钱包，她上次拿走两瓶酒……

……丈夫接过钱，脸色有点窘，不安地问道，还要一瓶吗?

司机摇摇头。

不了……不过，她如果再来偷……他耸耸肩，那么，我也只能再来付钱，不是吗?

是他太太。看着司机的背影，她对丈夫说。

嗯哼。丈夫埋头拆箱，拿出两瓶 Colt 摆在货架上。

吱呀。印度女孩抖落身上的雪，和她打了个招呼，在货架间转来转去，装作在找什么。

她放下书，看着女孩。

女孩显然根本无心看什么，目光总落在她身后——收银台后面的隔板下面，那里放的就是香烟。女孩贪婪的眼光几乎要穿过木板，卷包烟出来。

她捧起书，装作没看见。

女孩还在货架中间打转，掀得各种包装纸哗哗作响。

半晌，女孩往外走了。

嗨。她叫住女孩，递给她一根棒棒糖，这么大雪，送你一个小礼物。

女孩说了声谢谢，笑容勉强得像哭，把棒棒糖塞进口袋走了。

隔着玻璃门，她看见女孩在垃圾箱里翻了半天，那高挑丰满的身形被满天灰蒙蒙的雪挤得又小又瘦。

转晴了两三天，积雪不再往高里添，也没见消融下去，接着又飘起了雪，这一回的雪更大，铺天盖地掉下来，只是几个小时，就又积了几厘米。

印度女孩和黑皮夹克男孩进了门，身后跟了好些个年轻人，他们嘻嘻哈哈地说着笑着，挑了大堆的烟酒，男孩掏出证件，她仔细看了一眼。十九岁。

他们推推搡搡出了门，隔着黑压压的天色，看着他们的背影夹杂在混浊的雪花里，越来越小，她有点不安。

第二天一大早，警车和救护车呼呼啦啦来了好几辆，围住了对面的屋子。她在店里看见对面灯光闪耀，人影绰绰，心里想是不是昨天这群年轻人喝醉酒闹出了什么事儿。

有人抬着担架从地下室出来了——不是女孩家。是司机家。

警车救护车都走了，接下来的整整一天，对面那幢房子平静得仿佛从未住过人。所有的人都消失了。

隔了一天的清晨，就有警察上了门，说是核查一下酒的来源。

她承认她卖了。

她补充说，他们成年了。警察用诙谐的眼神望望她，也不知道是相信还是不相信，耸耸肩，记了下来，就要走。

她这么说了，但心里还是害怕，想想还是跟了出去，问警察到底出了什么事儿。

警察回答，这群年轻人喝醉了玩枪，枪走了火，楼下那个酒鬼本来躺在雪地里差点冻死，结果胳膊挨了一枪，清醒了，爬回家等她丈夫送她去医院，等到早晨丈夫没回来，自己打电话叫救护车，那一客厅的血……

警察笑了笑，幸运的是人还活着……这是怎么样的巧合啊。

她追问，那她丈夫呢？她丈夫怎么没回家？

警察没听明白，谁丈夫？

你说的，酒鬼的丈夫。那个公车司机。她解释说。

警察看看她。

哦……昨天晚上开车的时候心脏病发作，最后时刻刹了车……乘客没事儿……不过，抱歉，他死了。

她没有说话。

警察的目光转向警车。哦，天气真是糟糕啊。

警察上了车，发动了车子，消失在漫天灰蒙蒙的雪花里。

扫码分享电子版

故　人

大雪一连飘了三天，堆到了齐腰深。他在家门口清扫出来一条小路，在通往大路的路口竖了块“此屋出租”的牌子。雪实在太厚了，挤得到处都是，没法清理干净，每回一开门，门缝里的雪都会震落下来。前一个房客在门口搁了个油漆罐子当烟灰缸，清理的时候因为被积雪盖住了没看见，被他的大扫帚一把挥下了台阶，烟头和烟灰散落在积雪上，黑了一片。

她推开门的时候，冷风扑面而来，她还是决心要出去。不过门啪地在身后一关上，她开始有点后悔了。一眼望出去，白茫茫一片看不到尽头的街，每家门口各自扫出一条细细的小路，她只好艰难地沿着这些弯弯曲曲的小径，去大路上等公车。

四天以前，同学夫妻两人开着一辆破破烂烂的小车从机场把她接回家。上车以前，她特意抬头看了看。天空很高，几枚错落闪烁的星光，光线拉得很长。相比北京密密麻麻的灯火，这里仿佛是另一个世界。生活本来就有不同的维度，这真令人高兴。

她来到了不同的维度，和同学的女儿睡一个房间，小姑娘有点邋遢，屋子里满是脏衣服、臭袜子的味道。不过她睡得挺好。很久没有睡得这么静了，也许是因为空气的缘故。

前三天都没法外出。混浊不堪的雪花熙熙攘攘地挤在半空中，谁都不肯先落下来。刚一开门，灌进来的风就透进了骨头深处。昨天深夜，雪晃晃悠悠地停了。今天一早天色透亮。必须今天出门，她想，否则，不知道又要过几天。

可是，马路没人扫，只能沿着车行过的路歪歪斜斜地走，她经过一座斜坡——公园——谁知道是什么，绿色的路标说是公园，可她只看见茫茫的节节枯树从高高低低的白色波纹里伸出来。走到公车站只有五六十米的路，她的鞋子和裤子已经湿了大半截。

终于到了门口，确认门牌号码是对的，按门铃。

半晌，屋内静悄悄的，一点动静也没有。

台阶旁边，烟头和点点烟灰，乱七八糟地洒落在积雪的表面。

院子里的松树上挂了一串珠子，风一掀，咚咚作响。

两个十岁左右的小男孩，裹着厚厚的衣服，从街那头过来了。一个手里拎了个小桶，另一个拎了把扫帚，到了隔壁家门口开始铲雪。

隔壁家的窗户上，一个小姑娘的脸贴在玻璃上，正在瞅着扫雪的男孩子笑。

一个男人睡眼惺忪的脸从门缝里探了出来，哦哦，对不起，你是来看房子的吗？

待门全部拉开，她进去的时候才看清楚这人。

再普通不过的红格子衬衫，再普通不过的牛仔裤。一张不会给

人留下什么印象、一转身就能忘记的脸。

狭窄的门厅挂了几件衣服，几个空荡荡的衣架。几双鞋零乱地搁在角落。一叠摆放整齐的旧报纸。银灰色的地毯踩上去软软的，有种空心的感觉。

她站在客厅的中央，注视整面墙的镜子。从几米外看，她觉得自己还不算老。她穿了一件黑色的长棉衣，蓝色围巾绕了好几圈，鲜红的帽子把头遮了大半，远看甚至还挺年轻。

他跟在她后头，没说话，双手不自然地摸索着裤边，然后索性把双手插进口袋里。

她宽慰地把帽子摘了下来，塞进包里。

卧室在楼上。他说。

她上了楼梯，却意外地发现他没有跟上来。厨房传来了流水声，还有瓷器的碰撞声。她犹豫是不是要等他一下，然而还是自己先上去了。

楼上有三间卧室。左手边的两扇门都是关着的。右边的门开着，大约有七八平方，屋里空空如也，墙面是原木色的，窗帘是淡黄色的。从高高的窗户看出去，隔壁就是街区那座小小的尖顶白教堂。

昨天晚上来了几个朋友吃饭。盘子也没洗，睡得太晚，你敲门的时候，我还没醒呢。房东上了楼，解释着，递给了她一杯水。

她连忙道谢。

那两个房间也看一下吧。房东热心地建议。

这两个房间有人住？她谨慎地问。

一间我住。另一间前半年是我爸爸妈妈住的，刚走没多久，还没收拾……也可以租。

这个房间就大多了。深紫浅紫条纹相间的棉布床单，似乎是从国内带来的纯棉布。白色的桌子几乎占了房间一半，从这头到那头，就像她小时候在邮局见过的那种分发邮件的长桌，足够好几个邮递员同时在桌边忙碌。

房东随手拉了椅子坐下来。我晚上都要看书，睡得晚，所以住在这里不用担心洗澡时间，就是夜里两点洗澡也不会吵到我的。

看书？你还要考试吗？还是在学校工作？

嗯。重考几个资格证还是要的。没完没了。他笑了笑。你会住多久？

几个月。可能三个月吧？我给几个公寓打电话问过，都要租半年以上，而且都没家具。她解释说。

这两个空房间都行，家具可以搬……还有，隔壁住了个木工，平时收旧家具的。你想要什么，他多半都有。行的话，我帮你问他要。

在阳台上，她看见隔壁家的院子里，那两个小男孩拎起了小桶和扫帚，女孩出来和他们一起沿着蜿蜒的小路往外走了。

只要她爸爸不在的时候，这两个男孩老来帮她干活。房东笑着解释。

她跟着笑笑。

房东表情有些踌躇。

……你一个人？

哦……我一个人来的。

哦，要是全家都来了，住两个房间正好。

是，要是住两间，你就不用再找房客了。

嗯…… 你就是只住一间，可能我也不用找了。房东说，前妻也许带孩子来住一段，说不定。

她感觉不太舒服。心脏像一块被踢到的石头，咕咕地滚到了脚底。

她的婚姻也是简短的。二十岁时和同学恋爱，毕业就和老师结了婚。谁知道为什么。一年以后，丈夫和她的同事外遇，离婚前的一天，在澡堂趁人不注意，她把同事的金项链、金耳环、金手链和金戒指全扔进洗发水里，把洗发水搁在了洗手间。下午，警车就停在了楼下。半个小时后，一个警察敲她的桌子，叫她去警察局一趟。她刚站起来，警察就慌了神，清了清嗓子说，算了你把东西拿出来，人就别去了。她说在洗手间，就在洗发水里。而后她辞职去了北京。一个月后，儿子出生。

她微微发了笑。房东注意到她的表情，摸着脑袋不明所以地跟着笑了笑。

她只是怀疑，并不敢确定。然而这个房东端着茶水上来的时候，她清楚地看见他的小手指有一道长长的伤疤。

她想起他敲桌子的动作，到如今还多少感觉紧张。

你还记得我吗？她轻轻地问。

房东疑惑地看着她。

金项链泡在洗发水里，没有发霉吧？她问。

房东瞅着她，眼神渐渐开朗，笑意变成了大笑。

他又清了清嗓子，咳，我也说有点面熟，还想是不是记错了……对了，男孩？女孩？

男孩。

……儿子挺好吧？

挺好。

回去的时候，同学问她怎么样。她说，环境不错，交通也还行，屋子也算干净，不过单身男人家，终归不太方便。

同学洗着碗，顺嘴说，嗯是啊，我也觉得来着，没关系，不急，再找找。

她犹豫片刻，说，知道不，我碰到过他一回。

同学飞快地抬起头，瞄了她一眼。

她继续说了下去。在地铁上，我坐着，他就站在我面前，我没有看见他，其实我根本没抬头。下车的时候我从他旁边挤过去，他发现是我，就叫我的名字，我刚想回头，就已经被挤下了车。在月台上我看见是他，他张嘴在说什么，也可能只是问个好吧？不知道，我什么都没听见，地铁就开走了。就这么一次。

同学放下手中的锅，自言自语地说，蔬菜不够。走，我们找邻居借点菜。

雪又开始下了，如同灰尘扑在脸上，一点一点，很干燥，一点也不湿。脚下的积雪也是干的，嘎吱作响。

记忆沉沉的，过去了多年，脑海浮起落下的碎片根本拼接不出一个完整的故事。大连生活残存下来的记忆，仿佛几年的时光只能缩成简单的一天，她在学校门口的车站等他，然后他骑车带她去街头的大排档吃烤比目鱼，喝黑啤。一切都像曝光过度的胶片，不清不楚，白花花的一片而已。

同学突然开口，别想那么多，够了。

她下意识地反问，够了？什么够了？

同学慢吞吞地说，我觉得迟早还是要告诉他……孩子生下来就没了……

戴着手套也冷。她换了只手提菜。

同学说，免疫机能失调，不是老师的错啊。

她点点头。

……也不是你的错，别再想了。

没错。不想了。只是还要再去找找房子。

老　家

名字听起来颇为富有，然而黄栗墅其实是一条挤得乱糟糟的、破旧不堪的老弄堂。老早的居民，但凡有点钱的早就想办法搬走了，只留下了最没有办法的人群，他们攘来熙往地煮饭、洗衣，四处散发着油烟、排泄物和清洗液的味道。

不知道为什么，也许是价格谈不拢，这些年城中心的房和地价格都一路飙飚升，然而这条破烂的弄堂仍然兀自保留，自然地继续破败，似乎没有人管。我租住的这间是弄堂里唯一的楼房，盖于上世纪八十年代，总共就三层，当初的房主都是一家厂的同事，如今厂子早就变卖，房子也转租转卖了好几道手，各种租客混居。

自三年前失了业，我就搬了进来，当初想的是找到工作以后会换个好一点的地方，后来工作离得也不远，而且还一换再换，住处也就不想再换了。这里的生活挺方便，楼下有饭店、杂货店，半夜没烟了直接下楼拿，还能赊欠几天；收废品的、理发的、卖水果的、跑堂的，见了都会闲聊几句；窗户生了锈，硬拍两下，就有邻居赶来帮着修。

我的单室套朝西，到了下午阳光分外好，两天以前，窗外的屋顶上趴了只晒太阳的三花猫，我在窗口看她，她就沿着管路爬到窗口来了。本来想推开窗户迎她进来，没料到一拧两拧之下，窗户咔咔作响，怎么都打不开。把手生锈已经有很久了，但之前还没有打不开的时候，我急得啪啪地拍玻璃，猫惊得一溜小跑跳回了屋顶，回头看了看，纵身一跃就消失了。

那个戴帽子的人就是这时候出现的，他拎着个热气腾腾的塑料袋，装了几个包子馒头，站在巷口循声望过来，一个女人跟着他停下脚步，站在几米开外也往上看，他看着我大声嚷嚷起来："哎，拍碎了玻璃可就危险啦，别拍啦，我上楼来看看……"说着，把手里的塑料袋递给了女人，就进了楼道。

我家在五楼，他居然一点也没犹豫地咚咚咚就上来了，问我要了把螺丝刀捣鼓，折腾了一会儿真就拧开了。我以为这就算完了，没想到他还把窗户撑子上的螺丝通通拧了一遍，殷勤地叨叨说："你看这螺纹都快磨光了，凑合用吧，没法帮你换，你要换，就去街口的五金杂货自己配……你认识吧？杂货店二楼就有五金。"

我没换，他走了之后，窗户用得挺好，随时推开来换点空气，一点也不费劲儿。这会儿清晨三点，我没睡着，爬起来点了根烟，拉开窗帘缝儿往外看。巷口有个人站着，站的地方离路灯有两米远，因为稍稍沾了点光线的边角，只有个厚厚的身形，皮帽子拉到了耳朵下头，长长的棉袄裹着，他或许是她吧，缓缓地走了几步，抬头看看，再左右望望，好似很犹豫。

烟抽完以后，我还接着看了一会儿。因为这个点这么冷，有人在街头站着，还是挺蹊跷的。这个影子只是来回地踱了几步，没离开那地方。也许在等人下夜班。我想了想，拉严实了帘子继续睡。这回睡得很踏实，天亮了又暗了下来我才醒。有半年了，我没上班，就在家里接点零活儿，吃饭、睡觉的时间全乱了，经常下午两三点钟起来，茶一喝就到了四点，下楼去吃一碗家常豆腐配米饭，吃不完的打包回来，到了夜里又一顿。

平常的四点钟，饭店刚买菜回来，没有客人，我是第一个来吃晚饭的。不过，今天一进门，就看见门口的桌子上搁了顶棕色的大棉帽，有个刚刚坐下来的男人手还搭在帽子上，居然和我打起了招呼："咦，你也来啦，一起吃吧。"说着，顺手就拉开了身边的椅子，"你坐。"

我微微怔了一下，这人好像还真的见过。我不确定。也许就是那个修窗户的人吧？那天他扣了顶黑色的网球帽，帽檐压得低低的，看不清楚他的眼睛，只能注意到是个厚嘴唇，皮肤微黑——是那种南方人天然的浅棕，不太像这弄堂里大部分人的黑，他们是日积月累的寒酸、辛劳或闲荡，渗透了皮肤沉淀的黑。

他拉开凳子等着我。我喏喏了两声："呃……呃……"这感觉有点奇怪，摘了帽子的中年人，脸坦坦白白地放在眼前，不能说不对，但就是怪。他的眼睛，又大又亮，放射出一股奇怪的狂热，我的目光一碰到他那热辣辣的神情，心脏猛地一缩，不知道为什么就不自然起来，躲躲闪闪地望着他的脸侧："算了呢……我还有事儿，打算买了带上去吃。”

“喏，这样啊……你书架上的书……你写书的吗？”

这问题让我一怔。一直以来，这街的人要是问我干什么的，我就说杂志社。事实确实如此，我打过工的都是什么青少年航空、宇宙、文艺杂志社，我确实想写点什么，可是从来没有真的写过什么：“……不不不，我从来没写过什么，我就是读点书。”

“……哦，还没写出来？”他没等我回答，自顾自地点头表示他理解，“我年轻的时候，在报社工作……我要了一碗鲫鱼汤，还有凉拌木耳，你爱吃什么？”

自然又牵强地，我还是坐下来了。吃吃聊聊，时间过得挺快，虽说抬起眼睛看着他，他的眼神总让我觉得不自然。然而随着话题深入——他讲到上学的时候，他是怎么打着手电躺在阁楼上看书，讲到他进了大学，怎么发现图书馆有自己向往的一切，怎么希望成为一个作家——即使岁月年代不同，和我也差不了多少。闷在家里的日子，我每天都想写点什么，时间却在一片空白的干挨中过去了，一年又一年，令人烦躁又郁闷，突然来了这么一个人，不需要有什么顾忌地说说话，还挺兴奋。何况我第一次知道，楼下这家小饭店，不光是家常豆腐好吃，鱼汤和木耳也做得不错。

“……你住哪里？以前没碰到过你。”我的问题，令他神色略微迟疑，嗯嗯着打了个顿。“……小时候我住这里，大了就不在了。今年买的房子离得近，从这条巷子出去，商场对面的小区就是。”

吃完饭，他硬是付了账，说以后有机会还要一起吃，说着就迈着大步往巷子外头走，我自己在饭店的台阶上晃荡了片刻，感觉很不好意思。跑堂的小伙子拿着零钱出来，发现他人不见了，就把找的钱往我手里塞，而后他挺古怪地看了我一眼：“……这个人，晃了有好几天了。”

我口袋里塞着他的零钱往回走。不知道算不算早春，离春节还有一个月，连续一个星期天气都是暖洋洋的，楼下的两株玉兰花苞毛茸茸的，已经有大拇指的指甲大了，到了夜晚就随风敲打我的窗玻璃。本以为就这样要暖了，开春了，没料到，刚刚吃饭的这一点工夫，天忽忽黑了，阴风直往衣服里吹。我急急地往楼道赶，收废品的大爷从工棚里钻了出来：“哎哎，等等，上回铁锅的钱一直没给你，你最近忙吧？”

这一天，我总算有点东西可写了。一个替我修窗户的陌生人，一条阴黑小巷曾经的童年，以及作家梦——这一切又有什么意思呢？我并不知道。我只是隐隐约约地觉得，一定会有点意思吧？就凭这点不明不白的直觉，我哗哗哗哗写到了半夜，饿得发慌，才想起来白天和陌生人一起吃饭，把打包的事儿忘了，只好空着肚子上了床。人睡得迷迷糊糊的，怎么也睡不熟，跌进梦里又浮出来，像是人粘着什么没能扯干净。因为瞬间而逝的清醒，我紧紧地裹住被子，翻了个身，一眼瞅到衣柜的阴影前头，坐着个光线微弱的影子。

惊得一个激灵，登时醒了，要跳起来，这时候我听到影子说话了，是个清清爽爽的女声：“别害怕。我们认识，我是你朋友的朋友……”

我想问她到底是谁，又觉得根本不可能相信她，犹豫间忽然又听到窗子在哔哔作响，扭头一看，一张苍白的男人脸紧紧地压在玻璃上——不晓得为什么，这时分了，外头的光线还这样白，他挤得变形的胖脸我看得清清楚楚。而他看见我在看他，居然不慌不忙地扬起了扳手狠狠地砸玻璃，噼里啪啦，噼里啪啦。

我吓得屁滚尿流，连滚带爬地跌下床，往外间狂奔——不知怎么搞的，我一下就回到了童年时候的家，理所当然地一面狂奔一面狂呼:“爸爸，妈妈，闹鬼！还有小偷！”然而声音一点没有发出来，爸爸、妈妈还是睡着，死死地，脸色惨白，我张大了嘴僵在他们的床前，又惊又怕，怎么会这样，我是不是没醒——紧跟着这个念头，我真的醒了。

这回醒来，阴影里的人，贴着玻璃的人，都不见了，而我再也睡不着了。起来看见外头在下雪，玉兰花被冻得结结实实的，沉沉地往下垂，大概就要缩回去等下一个春天了，而那一颗颗飘浮的雪花粒子，清晰地透过路灯的光线，落到了黑暗的屋顶上——从我的窗户望出去，紧挨着巷口的老屋，一道又一道起伏的青灰色屋顶是我最为熟悉、最为亲切的景光。

老屋的屋顶——大家口口相传的老屋，是这条巷子最神秘的地方，它门上挂的大锁生了锈，深红色的漆东一块西一块地剥落，绿得发黑的霉斑从墙角长到青瓦，遍布白墙，“老家粮油食品店”的红字，颜色早就褪得差不多了，但因为越来越深邃的墙，仍旧还能看见。收废品的大爷告诉过我，这房子空了差不多有二十年，自打九十年代初的一个雪夜——大爷眯着眼睛，掰着手指，这都数不清有多少年啦……灭门啊，这家的男人把女人、孩子都杀了……男人就这么不见了……跑掉了。

九十年代初，老家粮油食品店——白天我碰见的男人，正好差不多四十来岁，二十年前他要是在的话，他会知道这事儿的。这种大事件，过去多少年，他也一定会记得——也许我该问问他，他知道吗？到底这是个什么故事呢？

然而接下来的日子，雪停了又下，越来越大，路边的脏雪也越堆越高，我的窗户推开再关上，好用得很。玉兰花苞一个接一个消失，稿子存在文档里，每每打开又觉得无以为继，只好关掉。人们匆匆忙忙地过年，楼下的饭店关了门，我出门、回家再出门，始终没有再碰到他。

隔了约莫有大半年吧，绿油油的夏天开始扫尾，枯萎的色泽渐渐在叶子的脉络浮现。我从广州出境，排队站在海关前头，听见旁边柜台有人说话，因为耳熟抬头看，是一男一女，女的没吭声，男的在跟海关工作人员说话——就是他的声音，我非常清楚。

他说完话，拿起护照往包里塞，拖行李的时候，往我的方向随意看了一眼，立刻一惊，定睛看着我。那微黑的皮肤，狂热的眼神，纵然此刻他穿着并不普通，而是个西装革履、油光滑亮的商务人士，我还是一样断定，这个人就是替我修窗户、请我吃饭的男人。我的嘴微微张开，犹豫要不要打个招呼，可他毅然决然地，没有表情地回了头，和女人一边说着话，一边一起朝外走了。

如果不是这次的相遇，我不会想到要到图书馆去查报纸。九十年代初，究竟哪一年？收废品的大爷说不清楚，只说是个大雪天。

我翻了三年冬天的报纸，查到了。九二年的一月，老家粮油食品店的新闻整整占了报纸的半个版面。照片上有黄栗墅老家粮油食品店，模样和现如今差不了多少，只是感觉有人气些，台阶前头还堆了个歪歪扭扭的雪人，头上挂了个一卷报纸叠的帽子。

报纸上的故事和收废品的大爷讲的不太一样，不过总之是弄堂流传的版本集合。报纸走访了四邻，拼凑了个老屋的曾经。原来的黄栗墅，整条巷子三分之一都属于黄姓人家，战争开始后黄家人逃散，留下的后裔只有这家粮油食品店。主持粮店的母亲早早去世，留下兄弟两人，哥哥年长八岁，如父如兄拉扯弟弟长大，后来嫂子进门……哥哥发现老婆和弟弟的私情，激烈争执，失手还是故意？哥哥还是弟弟？总之，怀孕的女人死了，兄弟两人都不见了。

隔了几天的报纸有通缉令。兄弟二人轮廓大体差不多，有微微忧伤的眼睛，厚厚的嘴唇，只是乍一看，五官并不太像，哥哥是个平板头，浓眉大眼，看起来挺威严。而弟弟斜刘海的脸，瘦瘦尖尖的，细长的眉眼，文雅又孱弱。而那个替我修窗户、请我吃饭、自称有过作家梦的、眼神狂热的人，是那个弟弟。

意大利的礼物

她实习的工厂就在离斯图加特不远的小镇上，出发以前，她仔细地查了地图和路线，还请了年假，把意大利的行程书塞进了行李。进修一个月，外加一个月年假，总共两个月不用回公司上班。两个月以后，谁知道会是什么样，难说公司会不会破产，世界会不会末日——她会不会辞职。

最后一天上班，带着一种强迫总结的心理，她把背后那一柜子的文件都摊在地上重新收拾了一遍——到了七点多钟，长长的过道里早已没了人声，外头的灯光在各处闪耀，一点点地溅进了黑暗的办公室。锁门的时候，她突然想回头看一眼。隔着玻璃门，隔着两层绰约的百叶阴影，白色的办公桌，黑色的电脑，白色的水杯，正红的仙人掌，都静默不语。

她又开了门，把水杯里的水倒了，杯子擦干，塞进包里。

也许只是不清不楚的预感。她也并不确定为什么非得这么做。

在飞机上她昏昏欲睡，然而总也睡不踏实。空气干燥而闷热，她反复地醒来，每回醒来都记得一点点残梦。她时而在泥坑底下拼命地捡硬币，然而总也捡不完。时而像游泳一样飞翔在马路上方，人们一抬头就可以把她拽下来，然而他们并不理会她。等下飞机的时候，她还没有彻底醒过来，她狼狈地办完了入境手续，晚了足足三个钟头，迎面而来的是漆黑的天色以及哗啦啦的暴雨。来接机的是一个中年男人，他说他叫史密特，史密特手脚麻利地把她的行李搁到后备厢，而她还在连连道歉，对不起，没想到晚了这么久。

史密特说这一期的学员总共有十人。她隔壁是一个伊朗年轻人，上午才到。他挤挤眼睛，补充说，他还没结婚，长得很帅。

不知道为什么，她会这么回答。可是我结婚了，没关系，下回。

好的，下回。一言为定。

有打火机吗?

哦，有一个，你拿去吧。抽烟不像中国那么方便。哦，我知道中国，十年前我去过。人们站在严禁吸烟的牌子下面吸烟。

她配合地笑了笑。感觉枯干的嘴巴终于有了点味道，像是重新活了。

车子开在一片黑压压的天色之中，远处有隐约的灯火。车窗外空气清冷，她深深地呼了几口气，脑子仿佛清楚多了。好像那一飞机的燥热与人们沉闷的吸纳声，这会儿才渐渐弥散。

这开阔的感觉，一直维系到上床的时候。她留了卫生间的灯，借着微弱的灯光，看着陌生的房间，窗帘是土黄的，一台胖胖的黑色收音机搁上床头柜上，窗台前是闪着银光的晾衣架。她听着雨声

滴滴答答，渐渐缓了，而后深度入睡了。

接到林子妈妈的电话时，她已经在厂里过了十天。这十天，紧凑、有序而又轻松。她的心渐渐在打开，感觉不那么焦虑了。然而陌生女人叮嘱她别耽误接机，林子今天就到斯图加特——另外，到了意大利，还拜托多多照顾他，林子年龄小，不懂事，麻烦你了——顺便问一句，你们公司缺人吗，我觉得林子要是能进国际大公司锻炼一下挺好的，你能帮帮忙吗？

她半晌沉默。她琢磨林子的妈妈怎么会有她的电话——再说了，为什么她理所当然觉得她会照顾林子？说到底，那只是偶然碰到的小男孩，和她没有丝毫的关系。

沉默太久了。女人在那头开始疑惑了，喂？喂？喂？怎么不说话？

你恐怕是弄错了。我和你儿子只见过一回，根本没联系过，他到斯图加特，也不会和我联系的。

……他不是这么说的。他告诉我他要和你一起去意大利。那头女人惊恐地叫唤。

我想他应该不是第一次骗你呢。她回答。

这可怎么办，这可怎么办？你去接他，你一定帮忙去接他。我只有这一个儿子啊！

她默默地搁了电话。要在对方彻底疯狂之前挂断。她想，不能再被别人的软弱控制。她把话筒空放在一边，继续整理文件。

然而只是第二天，她便看见了林子。那是午休时间，她穿着一身车间的工作服，还戴了一顶安全帽，在公司对面的咖啡座吃午餐。

餐厅里挤满了公司的人，虽然她一个也不认识。她默默地听着人群的喧闹，感觉一个全新环境带给她的清新感觉，洋葱饼刚咬了一半，就看见林子站在玻璃门外冲着她笑。她定定神，也看着他。他推门进来了。她一低头，试图让自己镇定下来。

林子还是那个浪荡少年的样子，一只耳朵挂着硕大的金耳环，另一只耳朵塞着白色的耳机，头发竖半边，裤筒里能塞进去一只猴子——他一边和她打招呼，一边将耳机拽了下来，塞进裤子口袋："你呢，你呢，你呢……跑什么跑？"

一连串的咳嗽，按铃结账。

林子眨巴着眼睛，大大咧咧地说："……看，我就是来了！别走，我请你喝酒……唉，对了，你不喝酒的呀……"

"你妈给我打过电话。你要不给她回个电话？让她帮你订回程票？"

他翻了个白眼："她怎么知道你的号码？你这里的号码，连我都不知道！"

她无言以对，为了不把咖啡泼到他脸上去，她只好转过头去，看餐台前熙熙攘攘的人头攒动——吃饭的时候，人们总是眼睛发亮、面透红光。

"别急……你什么时候去意大利呢？"

"……哎，我说，你看见那个什么威廉姆王的雕像没？那柱子跟你们公司的水塔差不多高，雕像放那么高成心不让人看呀。"

服务员将账单端给她。她伸出去手的还没碰到账单，林子便往盘子里扔了一张信用卡："得，有男人在，还用女人付钱？这不是成心污辱我吗？"

服务员并没听明白，然而立刻将嘴缩成了一个小小的圆，诙谐地做了个震惊的动作，抬起了腰。她扶了扶晃动的安全帽，也跟着站了起来：“那么，谢谢，再见。”

出国前，她和一个驴友俱乐部联系过，有没有谁能同她一起游览意大利。然而有钱的没时间，有时间的没有钱，他们只提到有个富二代有意向——真的富二代喔。女秘书长讲话的语气，就像出演一场大戏，他家有个不打算赚钱的海鲜酒楼，就开在你们公司隔壁。那纯粹是给女人、孩子玩的，朋友聚聚而已——他自己说的。

这便是她见过一回林子的缘故。然而一眼她就萌生了退意——一个有钱却缺爱的孩子，他刚坐下来没一会儿，就想着花钱把事情全搞定：“我出钱，你把一切都办了，你要什么，我都给你买。”她几乎傻了眼，仿佛在看一场难以置信的十五岁电影，她是美丽纯洁的高等生，要拯救一个自暴自弃的英俊差生。

然而她没想到的是，她自己安排了一切，已经到了德国进修，就差那么一点点时间就可以去意大利度过自己的三十岁生日，而他从天而降，要和她同行，要度过他的十八岁生日：“哎，那个谁，你等等我……麦琴根你去了没，听说那里大牌衣服多得很，你陪我去看看吧，你喜欢什么我都帮你买……”

这时候，她已经走到了公司的大门口，他的脚步有点犹豫不决地放慢了：“哎，你害死人了，要我自己选择付不付小费，我看不懂也听不懂，折腾半天。真麻烦，想要多少直接扣不就得了……”

他真是令人心碎。她也放慢了脚步：“你这两天怎么混过来的？”

“没事儿。掏出钱来，让他们自己找。没啥麻烦。你看，我还带了酒店的名片……我比你想得聪明。”

“……嗯，我不想去意大利了。你要么自己去过生日，要么就回国找你妈妈去。别和我浪费时间了。”

“……哦，没关系啊，时间就是用来浪费的……不去就不去，我在这里等你回国，和你一起走。”

她张了张嘴，没发出声音来。她在想。

他耸耸肩，话题一转：“……我说，你穿成这样。女孩子穿工装多难看啊。你今天就别上班了，咱们去买衣服吧。”

他就是这样，反复激起她气急败坏的感觉：“……你以为谁是你的保姆？”

“……哎，我从来不给保姆买衣服的。”他咧嘴一笑——少年人大抵以为油滑便是成熟——他想让自己显得成熟，然而这假惺惺的老于世故让他看起来格外幼稚。

“那么，你常常给女同学买衣服啦？”

他笑了起来：“当然啦。你们女的要什么，我清楚得很。”

“衣服？”

“……最便宜的是衣服啦……钻石比较贵啦……宫殿当然最贵啦……”他嬉皮笑脸地，仿佛怔了怔，声音放低了一点，“其实有个女孩对我挺好的，她从来不要衣服。”

“她要你好好学习？”

“是，她要我好好学习。”

她耸耸肩。

“你多大啦？”他又开始嬉皮笑脸，“结婚了没？”

“小小年纪的，别这么多管闲事。”

“肯定没结婚。否则才不会想一个人去意大利呢。”他浮起一缕坏笑，“……你喜欢什么牌子的衣服？”

“我喜欢你好好学习。”她不再等他的回答，一个箭步蹿进了公司，大门咔地在身后关上了。

不过，晚餐以后，经过林子住的酒店，她还是停下了脚步，看着厅堂里闪烁的灯光，想在绰约的人影中，分辨出有没有他。

一个中国男人推门出来，看见她一个微笑，中国人？

中国人。

和他寒暄告别之后，脸上的笑意还残留了一会儿。空荡荡的马路只是偶尔有经过的人。她没有看见林子。大堂的酒吧坐着几个明显的洋人。她侥幸地想，上帝会保佑吃饱撑着没事儿干的人的。上帝你是个好人，你送林子回家吧。

然而等她回到自己的酒店，前台的雅利安小姐立刻叫她，白女士，警察局给你留了口信。

警察局？！

林子。除了他，没别人。

闯进超市仓库，还袭击保安，不可能吧……

涉嫌抢劫？哦，我想这不太可能，他大概只是不识字，也许你们的超市应该有中文指示牌，中国人越来越多，你们有没有觉得中文指示是个国际形象问题……

不，不，警察先生，我不是他姐姐，我和他没有任何关系，我绝对不去保释他，他有的是钱保释自己，难道他没掏出一把钱给你们看看吗……

是不是欧元……好吧，抱歉，是的，你们没时间和我开玩笑……这样吧，我坦率地说，警察先生，要是他现金不够，你们打算关他两三年，我甚为感激呀甚为感激，请自便吧，一定自便。

挂了电话，她还是很恼火。

很小的时候，她便有这么一个隐秘的理想：去意大利。没有理由，她就是这么想了，而后她还去申请修意大利语，结果意大利语老师出走了，她只好改听了几回德语课。也许，这也是她换岗的老板给她这个机会的原因——那是她濒临分手的男朋友，一个已婚男人，他第一次也是最后一次给她提供了这么个职务之便——然而，意外地出现了这么个孩子，他像是上帝派来的使者——一个劲地干扰她的梦想，干扰他们微妙的分手落实的唯一好处。

回到房间里，她松开了外衣的扣子，踢下鞋子，第一次冒出了这个念头：也许，真的不去意大利了。

她立刻又打消了这个念头。为什么？这是分手的礼物。这是三十岁的礼物。难道就因为这个该死的林子？谁认识他呢？

她又闪过另一个念头。

她实习的车间和原来的工作毫无关系。她回去以后，也会换一个岗位。即便不辞职，以后她也见不到他了。然而这样挺好。车间是个有利的地方。滚动的流水线咔咔嚓嚓没有寂静的时候。天花板更高，地面更坚硬。但凡有个更广阔、巨大的空间，人就更不重要了。

那个住在她隔壁的伊朗未婚男青年叫哈迪，他在伊朗公司做的是调度，据说这次进修是为了做生产管理，他大半时间也在车间。每天他都站在生冷的操作间里，神情冷峻地看红灯绿灯，往表格里填空；或者居高临下地隔着窗户看流水线上的工人——每每看见她，他总是一脸欣赏的表情，指指整整齐齐的机器，做出个夸张的口形，看，看，效率，效率。

他的激动神情令她感觉，也许工作真的是一件永恒的事情。有序的工作既然能给他安静的力量，那么也许她也可以。

这一段在车间进修的日子，她和哈迪从偶尔一回，渐渐都快养成了习惯，如果下班的时候一起在车间，那么就去对面的咖啡座吃点喝点，再一起步行回酒店。其实他们并没什么可聊的，她也不喜欢他喝的啤酒，不过，反正在异国他乡，他们都没有别的事情可做。再说，一起步行回酒店——身边有个高大的、还算英俊的年轻男人，胡扯一些不咸不淡的闲话——热闹得自欺欺人，挺好。

今天也像往常一样，他们一起喝了杯啤酒，吃了块点心。意外的是，这回哈迪坚持替她买了单。她略微愣了一下，也没太过意外。也许就因为这个，散步回酒店的路上，她说起了之后要去意大利。

他好像挺奇怪，问她，那么这些周末都去了哪里？我比你早来半天，我米兰去过了，巴黎也已经去了两次了。

她顿时感到尴尬，呃，我去过路德维希堡。周末很短，不想走远呢。

哈迪呵呵地笑，原来你不会管理自己的时间，这真是个要命的缺点啊。

她突然很郁闷，不再有心情说话了。对，是的，她不会。工作时，是工作管理她的时间。恋爱的时候，是他在管理她的时间。而如今，夜晚和周末，大把大把需要自己打发的时间，只是一片扑面而来的巨大空虚，她感到不能应对。

打起精神来。她告诉自己。学会自己管理自己。

哈迪和她在楼的两边，他们在前台说再见，他往左，她往右拐准备上楼。

然而，林子坐在楼梯口。大概他平时的嚣张都被警察吓丢了，像是另外一个人了。他的衣服脏了，耳机也不见了，头发乱七八糟地趴在脑袋上。

她顿了顿，停下脚步。

林子以一种凄惨的目光看着她，模糊不清地咕噜说："你陪我坐一会儿吧。真讨厌。"

"嗯……这位小朋友，我早就说了……你还是回国比较好。"

"我老惹麻烦，你讨厌我。"林子从外衣口袋里拽出一枝玫瑰，花瓣掉下来好几片，"路上看见就买了，跟你说麻烦你了……唉，算了，花瓣都掉了，你肯定不愿意要了。"

"……咳，小朋友，扔了吧。"

林子把花扔进了楼梯边的水池里。

哈迪不知道为什么从她背后过来了，他看到她一惊心，又看见林子，随即仿佛明白地笑了笑："是你……晚安。"

她本想解释点什么，然而只是想了想，只回答了晚安，看着他又退了回去，消失在前台后头。

林子闷着头，并没关心他们。

“你回去吗？订票了没？”

“没有。”林子颇为愁苦，“不想回去。我想……”

她打断了他的话：“……这会儿你连爹妈都指望不上，还指望陌生人能照顾你，可笑不？”

林子不吭声。

“你觉得呢？”她再进一步。

“你说得对。”

“那你订票吗？”

“你一个陌生人，管那么多？”他反诘道。

他不轻浮了，口齿格外伶俐。她点点头，又摇了摇头，觉得他说得对。

“我妈给你打电话没？”

“没有。”

“他们是我的钱包。其实我也是别人的钱包。钱包嘛。”他重重地强调说。

她沉默片刻，回答：“挺好。”

“……你那是偏见。我很会照顾自己，我从小学就住校，什么事情都自己做……”

“净说没用的……没事儿我先回去了，你也回吧。”

“……别，我就是想说说话。我浪费你的时间了吗？”

“你知道就好。”

“不浪费你也没什么了不起的事儿要忙吧？我爸爸天天说忙，其实车窗一个月被女人砸烂两三次，有一回他把那个女人扔在高速路上，人家给家里打电话，叫我们去接她。我妈妈也说她忙，其实最积极的是查我爸的信用卡，外加到美容店找些婆娘说她那点破事儿……”林子故意笑得这么刺耳，想惹她生气似的，“真忙的我也见过。你讨过饭没？”

她双手抱到前胸，让自己冷静点：“……唉……幼稚。你爸妈忙不忙和我有什么关系？你难过又和我有什么关系？你没鞋，别人还没脚呢。抢劫都两天就放出来啦，你还嫌不够？你还想怎么样才幸福呢？是我欠你的吗？”

“……得啦，我跟你讲，有一天吧，我实在闲着没事儿干，去天桥底下去要钱玩。你知道吧，伸手问人要钱很难的，你知道有多难不？”

她看着他。

他也看着她，脸上渐渐浮起一丝得意的笑容，仿佛自己终于赢了：“看，你不知道。我知道。我还知道互相乞丐还要抢地盘，还有团伙呢，我差点挨人打。”

她仿佛在倾听似的，她专注的神情让他更亢奋了，眼神闪亮，声音激昂：“……撒谎，你们这些人呢全都爱撒谎。我妈说她不喜欢钱，她想要个好男人，过普通日子。撒谎。我这么告诉她，她还生气。其实呢……承认自己爱钱有什么呢？钱来得很不容易呢。”

“就你知道。”她试图打断他，“谁不知道呢？你爸爸妈妈什么都知道，别以为就你懂，真的。”

他的声音仿佛要哭出来："你们都一样，跟你们说什么也没用……你不喜欢我，反正也没人喜欢我……喜欢也是装的，其实都只喜欢钱……"

"人家喜欢你好好学习，你自己不干。"她将语气放轻放柔，仿佛要给他最后一点安慰，脚已经轻轻地迈了出去。

"……你什么都不知道……"

"我没义务知道呀。"她甚至已经走了两步，然而恰逢此时，一个高大的胖子捧着肚子下楼，身材足有三到四个她宽，不但她只好倒退两步，就连林子也不得已站起来让路。胖子心领神会地看了看他们，看看水中飘浮的玫瑰，笑着说了声谢谢，一摇三晃艰难地挤下了楼梯，重重地走开了。

她本来铆着劲儿要冲上楼的那股力量，被这个岔子瞬间打散了。他们之间僵滞的某种气氛似乎松动了，两人同时沉默，面面相觑地看看对方。

她长长地叹了一口气。

林子怯怯地，却又毅然决然地说："……咱们去酒吧坐一会儿？就一会儿。"

她心里在揣度，这个人还会麻烦她多久，一点点廉价的同情心能招致多大的祸害。

"你快过生日了。"她终于开了口，"我请你喝酒，咱们就今天在这里庆生吧，而后你赶紧回国，不回国也别再来找我了。"

然而吧台服务员下班了，他们只好走了一段路，在一条小街上找到一家不太闹、也不太静的酒吧。这是她暗自在心里衡量的结论。太闹，他们并没有相应的情绪；而太静，他们又没有什么可交流的话题。况且，走在他身前一米，她感觉自己着实可笑。

他青春逼人，只有不正视他的时候，她才感到勉勉强强地接受自己到了这时分，还独自在马路上闲逛的现实。然而感觉到他在身后，她的肩膀、后背，甚至头发都不安，似乎肌肤和毛孔都是安全的边界，它们正在忍受某种无法说明的威胁。风轻轻地吹起来，她的头发飞到他脸上，他镇定地抹了抹鼻子，说，绿茶味。她装作没听到。他又说，你走得太快了。她还是不作声，稍稍放慢了脚步。

他们并没怎么说话，只是走，左右看，继续走，继续左右看，接着走。就在这么个简单的过程里，她感到了微妙的变化。他在酒店的羸弱或许是脆弱，仿佛每走一步便消散了一点。在她身后一米，或许是因为他高，或者是因为她穿裙子他穿裤子，他的后背越挺越直，步履越发地干脆，那股孩子气渐渐被逞强的男子气替代，他甚至还有意无意地走在贴近车流的那边，表现自己的男子气质。

终于，他们找到了一家她觉得尚可的小酒馆。拱形的雕花门，蓝色花玻璃窗，门口棕红色的大酒桶飘浮着麦子的香味，隔着花门便能看见里面一半发亮一半黯然的光，客人零散，音乐也不高不低算恰到好处。她挑了个中间的座位。他没意见。

一个头发金黄、眼球发白的中年女人悄无声息地出现在他们的面前，莞尔一笑。黑啤端上来以后，他们有好一会儿没说话，林子的激情已经过去了，他不想再解释自己了，他心不在焉地玩着窗台上的地球仪，她则在翻看一本旧杂志。

片刻之后她以新话题开场：“……回国以后你打算干什么？”

他伸出一根手指，地球仪飞快地转了起来，他的手指又迅速按下去，落在了加拿大的国土上：“去加拿大。”

“嗯……上学吗？”

“否则也没事儿干。有什么办法。”

“……你想学什么？”

“……我什么也不想学。我就想开家宠物店……你说学什么？”

她想了想：“不知道。也许你愿意当个兽医？”

“……唉。你知道的，花人家的钱，住人家的房子，都是要付代价的。我爸叫我学什么，我就得学什么。你也是吧，老板叫你干什么，你就得干什么。”

老板。她挺直了后背，转头看吧台晃动的人影。“为什么想开宠物店呢？”

“我最喜欢我们家的狗。”

她笑了笑。

他的笑容更像自嘲：“不过第一条狗死啦。第二条狗爸妈送别人了。我十八岁了，大概再过几年好些吧。”

“你喜欢不喜欢加拿大？”

“看。我说过了，我喜欢我们家狗。谁在乎什么加拿大。”

她噎了一下，漫不经心地翻着杂志。

“……你心里在骂我。我特明白。”他的笑容狡黠。

她眨眨眼睛。

“有时，我看我自个儿都挺烦的。”

“凑合看看吧。”其实还好，她觉得现在的他比之前好多了。不再只是头幼兽，好似有点人模样了。

音乐渐渐低了，而后停了下来。或许林子不习惯突然安静下来的空白，他突然闭了嘴。酒吧里一个肥头大耳的男人在门廊上微微弯腰换唱片，肚子抵在了金色的大喇叭上。

音乐又一次缓缓地响了起来，林子这才收回放到远处的目光：“哎……你们女人都一样。”

“都像你妈那样？”

“差不多吧。反正嘴上讲什么都不要，心里什么都想要。女人最贪心。”

“嗯，是你爸爸说的吧？”

“……他不说我也知道，我谈过的恋爱肯定比你多。”

“那个喜欢你好好学习的女孩贪你什么？”

“未来呀。我觉得吧，要未来的正经女人是最贪心的，好像选了个男人，就把一辈子押人身上了似的，什么都想要。说得挺好，以为现在怎么样，未来就能怎么样……好像她能做主似的。我妈当年嫁我爸时，也这样——她自己说的——其实吧，一开始的时候，我也特想照顾她，她跟我说将来，我都挺高兴的。我说这辈子你要什么，我都给你。”

“……尽管你妈也这样，然而那时候你还是没嫌她贪心。”

“现在我其实也不嫌，谁贪心我也不嫌……不贪都是装的。”他顿了顿说，“我说的是你。”

仿佛当头一击，她怔忡半晌，恍然大悟，他开始报复她了。

“是的。我知道，你更清楚，你的确非常了解我。”

“你有什么特殊呢？”他笃定地反击道，警惕地望着她的双眼，等她反击。

小破孩子，胡子还没汗毛长，想在我身上找自信。她笑容可掬地收回了视线，望着地球仪那一片绿色的加拿大。游移的光晕下，那些斑驳的颜色仿佛和她眩晕的瞳孔混作了一团，扩张，无限地扩张。酒开始灼烧她的毛细血管，她渐渐地恍惚起来。

也不知道到底是几点了，她站在模糊的灯光下，想拿出手机看看时间，然而脑壳里、脚底下，似乎挤满了大团大团的浮云。她昏沉沉地想着，不管了，哪里倒下哪里睡吧，没关系，能有什么关系呢。

当然，她还没有立刻就倒下。她扶着墙壁站了一会儿，用力地安静地回想，她试图想刚才林子都讲了些什么，无非是他人生的碎片，他青春的困惑——不过，她什么都想不起来了。可能她什么都没有入脑，也可能他根本没说什么。谁知道。

我没有醉，我只是有点兴奋。她平静地想，怎么现在，又空了呢？

分手的时候，林子这一晚上时而悲伤时而亢奋的神情，被那夜里的冷风一吹，突然清醒地闪出尴尬来，仿佛这时候他明白过来了，他花了这些精力、路费，来到这里，掏心掏肺地跟一个并不太关心自己的人索求、露怯，再不甘也不可能有所收获。

事情就是这么突然奇怪起来。她本想说声再见，再伪善地嘱咐他回家，然而眨眼之间，他的面孔拉直了，眼中浮起了莫名的羞辱。

紧接着，他便一步倒退，踉跄了一下，结巴地想说什么，然而没说，似乎是连路也没来得及辨认，就毫不犹豫地一溜小跑，消失在了黑暗当中。

她没说出口的话留在了自己的脑海里。你赶紧消失，不要再来找我了。

她纵然那个时刻也微微带了酒意，纵然她也想到要不要拉住他，把最后叮咛当成对自己的安慰，假装自己还算关切，然而瞬间她便千真万确地知道了：这回，真的一切都完了。不用她说什么了，他不会再来了。

到了这时候，她才发现，自己站在哈迪的房间前。他的房门没有关，灯光从门缝中流淌出来，还有断断续续的广播声、水声。

她没有敲门，径自进去，有意识地关了门。她终于感到轻松了，也许也安全了。她看着哈迪的脸从墙那边探出来：“你。”

“我。难道你在等我？”

“吼吼，也许。你怎么了？”

不知道他还清醒吗？她想着，走向迎面而来的镜子，往镜子里那个被缩小的自己靠近，她故意放任自己借着酒意的身体摇摆，盯着那张涨红的脸。她没有醉到这般地步。只是她觉得如果真的醉了，会好些，会好很多。她一屁股坐在床上，大声地说：“我头晕，我想洗澡，睡觉。”话音未落，人已经倒了下去。

醒来的时候，她没有看见天色。窗帘厚厚的，光透不进来。然而她心中异常的清楚：晚了，如她所料，已经晚了，她错过了去米兰的班机。

她慢吞吞地爬起来，拉开窗帘，刺眼的阳光顿时扑满了房间。

哈迪也醒了过来，伸手挡住眼睛，老天，几点了？

亮，真亮，她贪婪地看着几乎发白的天空。真是好天气，天色都这么亮了呢。

生日的那一天，她在回国的飞机上。她睡得模模糊糊的，听到广播似乎提到她的名字，她勉强睁开眼睛，看见空中小姐捧了个小小的盒子俯着腰对她微笑："生日快乐。"

打开盒子，她看见一个透明的淡蓝杯子，正像五千英尺高空看见的天色。杯子的底部，一架白色的飞机在深浅不一的云团中穿行，机身几个小巧的字——"梦想意大利"。

她将礼物塞进了包里，闭上眼睛，很快又半睡过去。上帝，谢谢你给我新办公室送来这么合适的礼物。除了你，没有人知道，我根本没有去意大利。也许我永远也不会去意大利了。

更多的人死于心碎

注：篇名来自于美国作家索尔·贝娄（Saul Bellow,1915—2005）的长篇小说《更多的人死于心碎》(*More Die of Heartbreak*)。

①一条名叫幻灭的鱼

犯罪嫌疑人穿了一件黄色T恤，手里拿了个一次性杯子，目光散乱，好似漫不经心地打量着阚晓于。她看起来像偶然出现在警察局的走失少女，正耐心地等待家长来接——原来，只是这么一个无精打采、身材虚胖的女孩，那张脸简直是白天开着的荧光灯，谁都不会想到要多看几眼—— 一桩令人发指的案件——令人发指的意思是，发在报纸版面上，多少会有耸人听闻的效果。阚晓于想着，十五岁的退学女孩，为了和两个男孩轮流发生性关系，将家里的外婆杀了，尸体一夜就放在一帘之隔的小房间里。

在一条熙熙攘攘的小路上，公车停了下来。这车站不小，至少有四五条公交线从这里发车，并不宽敞的街道上，蓝色的、橙色的、绿色的几种大公车挤得满满当当。发车室的墙面还隐隐约约地留有领袖挥手的图案，深深浅浅不甚清晰的轮廓，不知道什么年头没清除干净便又刷了一层。

如果你工作了一些年头，还恰好是个记者，你就会发现，世界的丰富远超出你的想象，单薄的从来不是世界，而是你的想象——阚晓于收回自己不由自主的遐想，挤下车站在路口。这里原本是个集会的地点，更早的时候有学生集会、红卫兵，到了她中学的时候，是群众的演出——仿佛只是眨眼之间，她差不多要中年了。城市现代化了，那些阴沉的不论是陈年的老树还是黑暗的街道，突然都消失了。一幢幢大厦、一座座高架桥拔地而起。她还能记得一些旧时模样，恍惚的感觉像城市的更新伴随的是她自身的分崩离析——也许是因为她自己的卡壳，城市仍然不管不顾地前进，将一个个像她这样突然怀旧、感伤的人抛下了车——然而又如何？生活本来便是流动的，你一切停滞的思考都只是对过去的补偿，过去只是你力图挽留不成而生的幻觉黑洞。

我还是有理智的。她欣慰地想。

然而理智并不能阻挡她记忆之中，那一股不知何故就快崩溃的狂流。刚才女孩苍白的面孔——那种近乎没有血液的白——她时常在镜子看见这样的自己——好似迷雾的空白替代了血液在身体里疯狂地奔流。她不能明白是为什么——或许是不能解决的欲念——或许只是出生便具备的缺陷或遗憾。“为什么我老觉得自己要疯了？”有一回，她曾这么问过妈妈。妈妈并没有将她的话放在心上：“疯了就疯了吧，好像你现在没疯一样。”“咱们家有精神病史吗？”“你别净找别人毛病。”像小时候一样，母亲发出了警告。

“人要疯了通常有两种缘故：一是只关心自己，二是只关心别人。”她想，“而你的问题也许是，既不关心自己，也不关心别人……净找毛病。”也许这就是她打出生便具备的缺陷或遗憾——她似乎从不了解自己的父母，他们在她眼里，和在邻居眼里大约都是一样的——典型的军人，铁了心地相信有秩序的生活。他们买东西排队，过马路走人行道，上公车给老人让座，结婚经过父母乃至组织同意，生孩子也响应国家号召，小心翼翼，严于律己，总觉得人生本应该一个样。

这样的一对父母，是她青春期誓死反抗的压迫者，他们的任何规矩都令她不满，她浑身血热，绕开父母指点的阳关道，一心要走出个奇径来。因为她的不驯服，小腿落下了好几个血印。她青春期的朋友似乎都是依靠伤疤互相辨识的，每个伤疤都意味着对压迫者的愤怒，共同的话题和境遇证明他们是同路人。家庭战争在一个夜晚进入高潮，父母把她反锁在房间里，凌晨时分，她穿着睡衣从三楼跳窗而逃。她走遍了附近的大院，经过了同病相怜的姐妹窗下，而她们不能收留她。天色微亮她发现粮站的大门洞开，便进去拿了两条干硬的油条。下午她在派出所遇见了两个朋友，他们离家出走半夜撬开了粮站，拿走不少粮票，因此进了少管所。而没隔几个月，粮票便被废除了——自然，他们依然必须坐完牢。

感同身受进了监狱，粮票也废除了，她以为自己是一头活在人群之中的怪兽。她想自杀，大冬天，两个警察跳到冰冷的湖里把她

捞出来。她冻得瑟瑟发抖，他们缩在冒着寒气的军大衣里送她回家，眼睛红肿鼻涕邋遢地对她说，小姑娘，你的心真够狠的呀。而后……而后再没什么了，她老实多了，父母仿佛也老实多了，至少在她的记忆里是这样。他们好像不说什么话，不再争吵而是持续的沉默。她一回半死，便开始读大家读的书，找大家都喜欢的工作……只差还没来得及嫁给大家都喜欢的青年才俊——当初坐牢的朋友，出来以后听说做起了生意。她的同座位女生死了。而她是大部分人中的一员。大部分人长大以后都会好端端地活着，一本正经地工作。

六年以前，她刚工作，是个年轻的记者，而他五十岁刚出头，是一个儒雅的研究员，体形保持得很好，挺拔而开朗。见到他第一眼，她的脸突然就红了。那是在一家歌舞升平的新疆餐厅，恰好他们头顶的灯泡炸了，突然黑漆漆的，他摸黑开了电风扇，将风调到照顾她的方向。她在嘈杂之中道谢，而后半个钟头谁也没嫌热，人们在四周七嘴八舌，谁也听不清别人在讲什么，等饭店换了灯泡，大家才发现风扇没有叶子，立刻开始燥热难当。他们换了桌子——后来他说，他故意坐在她的对面。他端着盘子坐下，看着她微微一笑，她的心登时跳到了喉咙口。后来，他们又在各种社交场合碰到几回，一年左右才留下联系方式有了私自的约会。

他太太得了糖尿病，三十四岁失明，过了四十便瘫痪在床。他挺认真地告诉她孩子五岁的时候，他开始必须照料家以及做所有的工作……他说太太原本是他的师妹，好似生活刚刚展开温暖的画卷，突然就成了一部恐怖片。他有太太。而他们认识乃至约会的时候，她有未婚夫。她的未婚夫是大家都觉得不错的青年才俊，他努力奋斗，有责任感。然而她对这段关系始终感到蹊跷，他们从来都认真地对待彼此，他们对所有人都说就要结婚，准备结婚，可是就这样准备了近三年，直到她提出了分手，她才惊讶地发觉自己也许一直在等待这个变数的发生。他们一同买了房子，然而变数一来，只剩下简单地分钱。

一切只缘于一条暧昧短信。他说，夜深了，我突然想听你说一声晚安再睡。

随后便有了第一次的晚餐，他心领神会地送她回家，进了门她就怕了，想着自己不是要结婚么。她慌乱地说想听歌，凌乱地找出了一张不合时宜的伦巴。音乐一响，他说跳舞吧跳吧，借着些许酒意抱住她，她想挣开他，他不会跳舞只是用力地推着她在狭窄的屋里打转。也许他们都想到了床，然而偏偏走向床的四面八方，和欲望捉着迷藏。她的眼泪突然之间落下来，说我就快结婚了。他松了手，她默默地送他出门，看着他慢吞吞地穿鞋、拉门，她说再见，他也说再见。她想这是多么有惊无险的一夜。他仿佛是她内心任性的孩子想要的一枚甜美糖果，她伸出手仿佛要拿然而感到害怕。她知道自己并没有真的伸手碰他，而背对着她的他也许也想伸手拿一枚想要的糖果，如同有所感知地将已经出了门的脚收了回来。

说着的准备结婚从此没了。她好像头一次发现自己这么残忍。多年以后，她看着水中的幻灭，还会偶尔地想到他在街头突兀地蹲下，抱着脑袋哭，那天并没有下雨，她却总觉得那天的他们仿佛就是街头游泳的鱼，本来隔着些距离往同一个方向游去，他突然停下来吐着泡泡，仿佛奄奄一息；而她向另外的方向游去，再也没有回头。

在街头游泳的鱼。一段欲望只能为人不齿、偷偷摸摸的岁月。还在读书的时候，她收到一封高中同学的情书，便立刻奔向太原。一路上催促她的，并非是他想象中的爱与未来，只是残余在她的青春岁月中的、异常执着的冲破禁忌的渴望。睡在卧铺上，一夜辗转难安，感到小腹一阵阵剧烈的酸痛——这是一种之前她从不知晓的酸痛，无休无止，一股她自己并不知道的汹涌浪潮从体内挣脱出来。她惊讶地感觉到自己体内藏了一片海洋，而外在的那个她仿佛是在自己体内游泳的一条枯瘦的鱼，很快便被自己体内冲出来的浪潮淹没了。

那个毫不知情的羞涩男生在火车站接她，原本他想让她挤挤女生宿舍，是她坚持住进了旅店。他想在楼下等她，她坚持请他上了楼。她的酸痛一直未能停止，于是他不停地尝试。那窗户平绒帘子是破旧的红色，日光从一个个破口里穿进来，房间灰蒙蒙的四分五裂。小小的房间飘浮着墙壁、地毯、床单、被套、枕头久积的霉味，混同了体液的味道。整整近二十个小时，他们筋疲力尽，她体内虚浮的酸痛才因为越来越结实的涨痛，渐渐地平息。

回学校后不久她发现自己怀孕了。她在报纸缝隙撕下了一个豆腐块广告，去一家七拐八绕的街道医院流了产。器械在体内搅拌撕扯，强烈的疼痛给她的震撼远远超过了那种令人费解的酸痛。她难以解释、也无法面对的欲望，就这么被现实的疼痛消灭了。那个青春的她和他，都远未想到十年以后，他们努力冲破的封闭和羞愧突然被抛弃了。满世界都是公开奔流的欲望，任他们手足无措地回忆那些隐蔽得不能启齿的过去，甚至没时间停下来嘲笑他们当初的急切与慌乱。

她微微地屏住呼吸，加快脚步。这是城市一个肮脏的角落，地上的污水和柏油融化在一起，抹不去的斑斑点点。砍了冠的树杈伸向天空的深处。一辆堆满了电缆的黄色卡车停在电线杆下，几个穿绿工作服的工人坐在半空嘻嘻哈哈地说着话，手中一圈一圈的电线滑了下来，落到地面。

阚晓于反复地看着笔记本上的地址，沿着她记忆中的方向走去。这是条上坡路，路边的楼房底层都因为这坡度，变成了高低不一的半地下室。许多半地下室都变成了店面，服装、杂货、成人用品，关着玻璃门怕跑了冷气，门内的白色铁栅栏，懒散地或坐或站的店员，面容和身体被栅栏划成一缕一缕的，模糊不清。这些半埋地下的小店，看起来如同一半浮在水上一半沉在水下的牢笼，一个接一个，一眼看不到头。而后有近十分钟，牢笼才终于全然浮出地表，紧接着是巨大的游戏厅招牌，字迹洗练成了一种混浊而颓败的橙色。

阚晓于站在光线刺眼的街道上。女孩的家，就在游戏厅左边的小巷里。小巷坐落在缓缓下坡处，巷口有个澡堂。没错，就是这里。女孩起床以后直接去了澡堂，三个小时后就在澡堂被捕。警察到的时候，她还没洗完。

混浊的热气从两块看起来像磨砂玻璃的塑料帘子后头滚滚而来，铺满了澡堂灰败的门径。看柜台的女人头一点一点地打着瞌睡，胖得没有个正式的形状，四处的赘肉外头套着一件也没有形状的白长褂。她眼皮垂垂欲坠要落下去，而后总是又猛然一提，反反复复，没看见门口东张西望的阚晓于。

一个男人裹着浴巾掀开塑料帘子出来了，左手抓了个肥皂盒，右手拎了一袋湿衣服，一路滴滴答答，拖鞋啪啪啪啪地拍打着地面。女人忽然一个激灵，睡眼惺忪地抬起了头，看着阚晓于条件反射地说：“洗澡一个五块。没带毛巾六块。”阚晓于哦哦地答应，女人仿佛醒了，从椅子上艰难地站起来，肥肉左摇右摆地想去拿钥匙。

“……其实我不是来洗澡的……我来打听件事儿……”

女人上下打量着阚晓于，眼睛突地一亮：“喔！您是记者？你是说初蕾蕾吧？唉……这孩子，到底怎么回事儿啊！”

“……是哎，麻烦你了，不会打扰你生意吧……那您认识初蕾蕾？”

“认得吧……只要来几次的客人我都记得，而且她妈妈以前是常客，和我们都很熟的。不过要不是刚才有个记者来，我也不知道她叫初蕾蕾，就听她妈妈叫她宝宝啦。”女人从柜台底下摸出一把大蒲扇来，举在两人中间用力地扇，“热不热？这里太湿了，风扇不大管用。”

“哎，您给自己扇就好了，不用管我……那，您见过她外婆吗？就是……死者。”

女人把扇子往自己方向挪了挪，薄薄的汗水仍然继续从皮肤渗出来：“……死者，那个外婆不认识呢，有可能见过。她妈妈以前说，老太太很节省，宁愿不洗澡也不肯花钱……她妈以前和我一个厂的，我们厂子倒闭啦，人都散了……”说到这里，女人的神情变得神秘兮兮，声音也压低一半，“她有神经病……知道吗？”

“神经病？”阚晓于重复了一遍。

“我是说她妈妈，精神病是吧……对，精神病呢，住过几年医院。当时我们看着人可好啦，有回我夸她裙子好看，她立刻就要脱下来送给我……送给我她穿啥回去啊，结果人家就直接套着澡堂的袍子走了，拦都拦不住……其实我就一客气话，那裙子我穿不合身，扔家里一直放着……我就讲她，这号人，所以老有人骗她，精神病了……唉……”她最后的长长叹息，更像是某种敷衍——仿佛她知道要是讲起悲惨事件，听者一定会期待她表现点同情心。

“……这样……所以，孩子不是妈妈带呢。”

“可不是嘛。她带不了孩子。住了好几年疯人院呢。有几年，她那眼神，那眼睛，直勾勾地，转都不会转……”女人皱了皱眉头，“真是怪吓人的……她那时已经不多来了，每回来，准出点儿岔子，丢了衣服啊，忘了手表啊，所以她走的时候我都替她检查柜子，一准有东西落下……你想都想不到，有一回居然忘穿衣服，光着就出来了，直愣愣地看见人还是往外走，根本想不起来自己是光着的……”说到这里，女人深深地叹气。

初蕾蕾家住的那条小巷本来便狭窄得只容得下两人并行，不过每户人家都在门口堆了些箱子杂物，阚晓于经过一辆从屋檐悬下来的锈迹斑斑的自行车，一个黑瘦的男人迎面而来，她只能停下脚步侧身，挺胸收腹给他让路。

男人毫无顾忌地打量着她，擦着她的衣裳过去了，烟雾喷在她的脸上。这样的男人好像都是一个模子刻出来的，他们每时每刻出现在不同的马路边，瘦小、黝黑、懒散，叼着烟头。

阚晓于感到后背有两股警惕的电流。她回头看见男人犹疑地站在自行车旁，仍然在继续打量她，而迎着她的目光，他眼睛眯成了一条缝，摘下了咬在牙齿间的烟头，转身走了。

小巷尽头案发地点。初蕾蕾和外婆住的一间半。隔着一堵拐弯的墙，墙后便溺的气味传了过来。门外头的布帘子已经看不出颜色了，窗台前盖了一块模糊的塑料布，底下散发着一股被阳光晒得发霉的羽毛、粪便以及饲料混合的家禽味道。门微微一晃，猛地被扯开了。一个女人失神的脸从门缝里探出来，她手搭凉篷遮挡阳光，虚成一条细线的眼睛空洞洞地、以一种遥远得仿若来自山的另外一头的目光望着阚晓于。

阚晓于一眼便觉得这是初蕾蕾的妈妈。她们面容的相像模糊不清。

"你找谁？"女人开了腔，一种相当不耐烦的乖戾语气。

"…… 妇联的，我们要做个调查。"阚晓于将记者证反扣在手心，在她眼前一晃。

女人甚至都没抬起眼皮来，她赌气似的用力拉开门，拽了拽黑色紧身尼龙上衣，看着阚晓于走进去。

室内一片黑暗。阚晓于的眼睛花了片刻，才能适应那低迷的光线，渐渐看清楚了房间。一间半，冰箱、衣柜、食品柜、电视、小床，挤得一间满满当当，转身都感到困难。那扇小小的窗户，被电视柜挡了大半，阳光只能从一道不宽的缝隙透进来。窗台上有个酱色的塑料花盆，植物早就枯成了一枝脆弱的棕色花茎，垂了两片深灰色的小叶子，看起来一碰就要碎了的样子。地上露出来四块完整的白色瓷砖，有一块碎了，裸水泥有拳头大小。

屋子另一头，遮了块灰蒙蒙的布帘子。帘子后头应该就是那个半间了。现场照片。她想。那个青瓷的花盆就是在这里砸碎的。老太婆的尸体当时就在帘子后头。

阚晓于看着初蕾蕾的妈妈，一时间不知道说什么好，用力清了清嗓子。

初妈妈是个身形巨硕的女人，似乎费尽了力气将自己打扮得性感迷人，她一身的黑色蕾丝紧身衣裙，粗壮的腿上裹着黑色的网状丝袜。她瞅着阚晓于，一脸不甚满意乃至有些愤怒的表情，驼着背跷着二郎腿坐到了床上，小肚子被上衣勒出紧紧几条赘肉。她半垂着脸，用力地吸着烟，像吞食了什么，要恶狠狠地把食物压进身体的深处似的。她那无视的样子，看起来像是早已经忘记了还有客人在场。

她的无视令阚晓于突发灵感，索性自己伸手一把掀起了帘子。碰到那灰蒙蒙几滴褐斑仿似血迹的帘子时，她忽然一哆嗦。

只是匆匆一瞥。一个更为昏暗逼仄的空间。没有窗，更像是一个低矮的洞穴，紧紧地塞了一张双人床，床单已经看不出颜色了，上头堆满了千奇百怪的东西，撕烂的衣服、生锈的菜刀、快餐面包装袋、练习簿、烟盒、可乐瓶、蚊香、药盒、烂底的簸箩、没后盖的收音机、电线裸露的插线板等。发黑的墙，阴潮的霉味。一床蜷缩成人形的暗红色被子挤在床的一侧。

照片上她见过这床被子，恰恰在尸体的后头，还有一角搭在死者身上。

阚晓于感觉到一种酸痛从肩头开始扩散，血液往头顶冲涌，而心脏趁乱落到了脚尖。她放下了帘子。

初妈妈还是在专心致志地吸烟。

阚晓于一路退到大门口，站在初妈妈身边，俯瞰着她一头乱七八糟地盘在头顶的头发，粗硬，散乱。

“你现在一个人住这里？”

“你是查什么来了？”初妈妈突然的暴喝吓得阚晓于倒退一步，踩在门槛上。

阳光太少，屋里太冷。阚晓于摸着自己变凉的手臂：“就是个普查……只有几个问题。”

初妈妈将烟头摁在墙上，烟草和余烬纷纷落在床上，还有火光。她赶紧站了起来，抽起床单哗哗地抖，掀得一屋子飞灰。

阚晓于尴尬地转身摸索着墙面，然而没有摸到灯绳：“……屋里光线有点暗呢。”

初妈妈没有理会，只是扔下了床单，又坐在污迹斑斑的棉花褥上，继续点烟：“……这个月的钱还没到。”

“……在审，快了，没几天了……我们要做一次家庭情况调查，看看……”

“看什么看？你们不是都看过了吗……看来看去，又不多给点……你们到底想干什么……”

“……我们想要更清楚地了解你的家庭情况……嗯没错……也许你们需要更多帮助……”

初妈妈放声发笑，阚晓于站在原地，又惊又愧，不知如何是好。

这笑声来得突然，去得也是戛然而止，初妈妈翻着眼皮，灵巧地弹着烟灰：“……你是厂里来的吧？一时半会儿我还不会死……你看到了，我挺好……”她的话被喉咙里的痰卡住了，她用力地咳嗽，不断地吐出痰来，直接吐在地上。而后她不说话了，接着吸烟，还是用力地压进肺里。

阚晓于开始单刀直入：“……你家三口人，两对母女。杨秀安，初凤仪，初蕾蕾，三个人的救济金。你是初凤仪，对吧？”

“……你什么都知道，还想问什么？”

阚晓于顿了顿，轻轻回答：“……确认。我走了。”

意外的是，初妈妈忽然微笑起来。那脸上灰扑扑的微弱光芒，好似一层薄薄的、黯然的粉屑。随即，她的笑容又消失了：“你说什么？”

阚晓于说：“……初蕾蕾有过工作吗？她有收入吗？”

初妈妈仿佛没听明白，径自回答说：“蕾蕾的成绩不错呢……我给你看看蕾蕾的成绩单，都是八十分以上，可好了！”她将烟咬在齿间，蹲下拉开食品柜的门。一叠本子滑了出来，掉在地上。

一张练习簿的纸飘到了阚晓于的脚下。她弯腰捡起来。那是一张潦草的蜡笔画。一间平顶小屋，两个小人呆呆地站在屋前，没有门窗，也没有脸。显然是孩子的习作。阚晓于觉得有几分意思，悄悄塞到了包里。

在巷子口，阚晓于又看见刚才那个擦身而过的男人，他一个人坐在巷口，面前放了一张小板凳摸纸牌玩。他冲她笑了笑，飞快瞄了一眼巷子深处，热情地收起了板凳上的纸牌：“坐坐？咳，咳，为了初蕾蕾的事儿来的吧？”

“她有病的，病人。”阚晓于还没坐稳，男人神秘兮兮地指了指自己的脑袋轻声说，那神情好似有人在偷听他们说话。其实没人，墙角只有一只垂死的老鼠，翻滚在地，四只爪子不停地抖。也许中毒了。总之它就要死了。它不算大，也不算小，看身形应该是正当青年。

阚晓于别过头去，板凳也换了个方向。“……你是她家的邻居？对她家了解吗？”

“嗯，邻居很多年了……”他翻着眼睛想，又掐指头算，“我们搬到这里来的时候，初凤仪还只有蕾蕾这么大呢。”他笑的模样有几分伤感，“当初这条弄堂住的都是一个厂的，谁家做点吃的，这家送点那家送点，男人吃饭的时候端着碗互相串门，常常随便坐在别人家吃……现在不一样喽，厂子倒了，有人死了，有人搬了，几十年都过去了，什么都不一样了呢……”

“她以前……是这样子吗？”

“她小的时候厉害哟，能打架，初家这个姑娘是老大，她有一个弟弟一个妹妹，谁欺负她弟弟妹妹，她操起砖头就去打，你可不知道那光景，她在这几条街上都有名！一个女孩子家打三个男的，能把人打晕过去，根本就是玩命儿。我比她小几岁，胆儿小，看见她眼睛一瞪，简直都要哆嗦啊。”

“那……怎么回事儿……”

“我们也不清楚……她刚工作时挺好的，养家糊口全靠她一个人，卖力着呢。特别爱打扮，爱穿紧身衣、高跟鞋，打起架来甩掉鞋子，鞋跟就往人眼睛上招呼。”男人左右看看，“好像和一个电工谈过恋爱……后来就疯疯癫癫了，没见正常过。”

“您知道怎么回事儿吗？”

“……呃，你是记者？这隔壁邻里的……”他猛然一惊，担心地看看阚晓于。

“呃……我不是报社的，我是妇联的……昨天的事儿，你看这妇女儿童的……我们得调查一下。”阚晓于胡乱地解释说。

“哦……少了两个人，救济金要减了吧？”

阚晓于含糊地回答：“还得看调查结果，也不是我能决定的……你刚才说她后来不正常了，她怎么个不正常呢？”

“哦……也不清楚呢，反正她老觉得人家害她，跟这个说跟那个说，说有人害她，她要告状，状纸堆了半屋子。从厂长到电工，从邻居到亲妈，她都要告，你说这是咋回事儿……后来就进精神病院了，住了有几年，听说也不是出院，是跑掉了，医院和家里都找不到人了，然后就深更半夜突然大着肚子站在医院门口要生孩子了……”他感慨地摇摇头，“活造孽！”

阚晓于附和地点头：“……明白了，她们家人关系怎么样？”

“不知道呢，也老打架……不会枪毙吧？”男人忽然换了话题。

“怎么会呢？她还是未成年人。”

“你们干部都知道内幕消息……”

她的内幕消息只是自己的回忆——长廊式的教学楼后，有一株不知道长了多少年的松树，树干的裂口都能把婴儿塞进去。她在学校的那几年，学校正在清除松树后的杂草，想修剪出一块全新的草坪出来，因此学生们发现了被杂草裹住的几间平房，他们知道那里曾是革命委员会的旧址，生锈的铁锁形同虚设，木门腐烂出无数条的裂纹，黑压压的房间里堆的都是桌椅。有段日子，体育课、放学后或者雨雪天，一些同学就在遍布尘埃的房间里寻宝。后来，学校的礼堂盖起来了，那排房子拆下来的青砖和木材堆在路边，两块白得发黑的门牌也扔在了草丛中，革命委员会的红色字样斑驳不堪。有些厚重的青砖底部浮凸的是乾隆年的字样，男生们打架就跑去操起一块碎青砖，劈头盖脸地互相砸。有一天，班主任悲天悯人地看着他们说："……有的男同学，精神旺盛，脾气暴躁，青春期过得很压抑……"

十五岁听到的一句话，到了三十岁，阚晓于仍然记得清清楚楚。是了，她们的学校深藏在小巷，被扩大的民居区占了又占，班级越来越多，操场越来越小，一些有英雄情结的男生浑身劲没处使，爱上了聚众斗殴；而早熟的姑娘们一早起来便用摩丝把刘海竖起来，拔掉芜杂的眉毛，最深的冬天也会穿上短裙长靴，她们情欲渐长又苦于气力不足，最崇拜的便是肌肉英雄。她们和聚众斗殴的男孩子混在一起，以恋爱获取力量。高一的时候，阚晓于的同桌突然消失了，毕业以后阚晓于听说她死了，一次夜宵的打架而已，混乱中女生挨了三刀，没送到医院就已经死了。

死了，是多么震惊而又无法理解的事儿。一个任性的、大声抱怨的、欢歌笑语的女孩，从此之后没了。幻灭隔着玻璃吻了吻她的

脸，羞涩地摇摇尾巴沉了下去。

四年前，男人送了她一个屏风式的大鱼缸，二十条热带鱼。他们都没有养热带鱼的经验，买回来的鱼种恰好好互相捕食，在鱼缸里展开了一场热闹的厮杀。那些日子，每天水里都飘满了缤纷的碎尸，也就是半个月，偌大的鱼缸，只留下一堆花花绿绿的水草，唯一存活的是长得有如蜥蜴一般猥琐，举动也像小偷般鬼鬼祟祟的清道夫。靠着食用废物以及潜伏角落的生活习惯，它精神奕奕，仿佛对眼面前天天发生的战争浑然不知。后来，她就没有再买鱼，偌大的鱼缸里，只剩下了一条清道夫。她给它取了个名字——“幻灭”。

幻灭和她一起生活了四年，她还不知道它是男是女。总之，生活在一起，相互熟悉了，只要她走过去敲敲鱼缸，说幻灭呀幻灭呀，它就从隐蔽的水底浮出来靠近她，她把脸凑过去，它也就用力地贴近缸壁，吐水泡的姿势如同隔着鱼缸吻她的脸。她把手贴到鱼缸上，幻灭就围着她的手快活地摇摆，浮起来沉下去，吐出一圈又一圈的泡泡。

然而，幻灭至今不认得他。看着她这么表演一回，他也走过去，无论他怎么敲鱼缸，它也不浮起来，坚持狐疑地趴在水底，至多摆摆尾巴，表示一下自己的不屑一顾。

幻灭每天吞下了污染的杂物，便伏到了水底的角落。阚晓于常常和它讲讲话，你的工作就是吃，为什么我不能？我也想每天在家吃了大睡，活得舒舒服服。幻灭听了，忧郁地吐出几个泡泡，悲伤地沉到了水底思考。

她和幻灭讲着话，飞快地喝完了一瓶啤酒，大脑顷刻发热，人要升到半空去似的。她昏昏沉沉地躺在床上，还是没能睡着，也许是酒精的作用，她浑身泛起一片红色波纹，从头皮到小腹到处都痒，挠了这里那里又痒，此起彼伏。她疲于奔命地跟着痒痒奔走，不知道抓了多久以为天色已经该浮出白雾了，从被子中探出头来，没想到还是黑的。而后，她还是睡迷糊了。

她做了个清醒的梦。在梦里，男人坐在一个废弃的空荡荡的广场上，她浮在半空中，发不出声音来，只能眼巴巴地望着他。他坐了很久很久，一动不动，没有抬头。

居然是个静止的梦。醒来的时候她想，她一直浮在半空中，他一直坐在地面上，整整一夜啊，没有动作，没有对话，没有交流。牙医说，刷牙不能横着刷，要竖着刷。她勉强把牙刷伸进去，感到一阵恶心。放下牙刷，眼睛突然就湿了。她抹抹脸，难受得冲着镜子里的自己笑。面包放进微波炉。冲豆奶。并不是因为赶时间，匆忙无非是给自己看的表演，让自己相信生活是充实的、富余的笑话。

传达室门口站着两个老太太打量着她："你找谁？"

"三号楼的王落磊。我是他老师。"

"哟……退学生你们也管。老师不容易啊。一直往前走，第三栋楼第一个楼道一楼左手。"老太太转过脸去，神色诡异地窃窃私语起来。

"你听说没，王落磊跟一个小女孩乱来，那女孩杀了人……"

"是了，听说了，王落磊还住了一晚上，隔壁就是尸体……"

这些话阚晓于只是想想而已。实际上，她已经走过了有两幢楼之远。邻里的闲话，大抵不过如此吧。

她在门口听见了王落磊家里有人走动的声音，并不算轻，然而一敲门，里面就没了响动。

她继续敲，又贴在门上听。什么声音也没有。

她转身走了几步，听到一个女声隔着门不耐烦地大声发问："谁？"

"王落磊在家吗？我是他……"

话音未落，对方已经不耐烦地回答了："死了！"

门内没有了动静，她没听到回去的脚步声。也许那个女人还靠在门口听。

她站了那么一小会儿，楼道里阴冷的霉气让她的身体发凉，然而还是没动静。

也许门里的人也在这么想。她们像是隔着门在僵持。也许并没有。只是阚晓于自己的想象。

对面人家的门吱呀，轻轻地开了。一个年轻的女声小声发问："嗨，你找王落磊？"

一个姑娘苍白的脸看着她，声音低得几乎听不太清楚："……你是谁呀？找他干吗呀？"

"我是他的老师……"

"……我是他们学校的打字员。"姑娘诧异地，甚至有些俏皮地，眨了眨眼睛，一笑。

"哦，咳咳。"阚晓于也笑了，"好吧，我是记者。"

姑娘不吱声，上下打量她。

她点了点头。

姑娘终于开口了："……你把电话留给我，我帮你给他……不过，他可能不会打。”

阚晓于受宠若惊地递了张名片过去，连连道谢。

姑娘想要关门的时候，阚晓于又不甘心地问：“…… 他什么时候回来？他回来吗？”

“他不怎么回来。”姑娘以一种不言自明的眼神瞅着她，做了个鬼脸，关了门。

笑话。活得像个笑话。然而，谁又不是个笑话。

男人的车准时缓缓地滑进了车道，隔着她门前的花园停了下来。她的花园只是一个枯燥的院落。租下这房子时，她看中的便是这一片灰黄的土地，幻想在窗前种满火红的坟墓花以及金黄的向日葵。可是，四年过去了，院落里仍然不过是一片褐土，以及银灰的水泥瓦砾。

她隔着纱门看着他下车，他面向她快活地挥了挥手。他上了台阶，站定在纱门前微笑：“怎么，不打算开门啦？”

她隔着纱门，笑了笑。

光明正大的恋爱，有如之前她和青年才俊，会一起逛公园爬山看电影逛商店。而已婚男人却不同，一起四年，他们的关系像一道自动生成的程序，每次都一样，来了，做爱，聊聊，吃饭，走人。除了做爱和吃饭以外，他们没有任何共同的经历和体验。

然而，做爱已经成为习惯之后，他还是羞于露出身体，他总是拉上窗帘，关了灯，尽力将周围变得黑暗，再将她和自己一起蒙在被子中。他不擅长亲吻，不擅长抚摸，她总是在忍耐地应付他身体的需要，共同进餐的时刻似乎更为尽兴。她喜欢和他聊天，听他说话，看着他轻松自然侃侃而谈旁征博引不以为然却又笑容满面，令她感到喜悦、安全。于是四年来，日复一日，她耐心地等待他的到来，应付他的身体需要，享受他谈吐的愉悦，承担他们并没有未来的苦恼。好似也存在什么禁忌，她想，譬如身体的感受仍然不可触及。她不愿意提醒他，我们在一起的四年，你解决的只有自己的欲望。

他有些莫明其妙，隔着纱门远远地摸着她的眼睛："怎么了，你？"

她拉开纱门，想跳出去，跳进他的怀里，和他一起哈哈大笑或者泪流满面。不过刹那的犹豫，她错过了冲动的时刻。她只是侧了侧身体，让他进屋。

笑话。她想。

他有些困惑："你怎么了？"

她想了想："带我去兜风行吗？我想出去转转。"

"去哪里？"他说着，停下了脱鞋的动作。

"随便。去找城里最高的地方。开到最高的地方往下看。行吗？"

"哎，怎么突然有这情怀……呃，我五点钟还要去见儿子的班主任……"他看了看手表，"现在都快三点了……"他抬起眼睛，询问地看着她，"下回吧，好不好？"

她决定一笑了之。等他下回来的时候，将看见的是，屋子空了，她搬走了。

一个男人沉甸甸的声音。我和女朋友分手了……

男人顿了一下，继续说，我对她那么好……

阚晓于不作声。

男人犹疑地喂喂喂，大概以为电话断了。阚晓于说我在听。男人哦的尾音拖得长长的——我对她那么好，每个月工资只有一千多，几乎全花在她身上，衣服、化妆品。她想走，我总得要回来……他似乎想了片刻，你们报社能帮我要钱吧？不和我在一起，就该还我钱……

阚晓于对着窗户外头的空气耸耸肩，把话筒搁了回去。

瞬间，电话铃又响。

抽抽搭搭的哭诉……呜呜，我又要工作，又要忙孩子，他连家用都不给，呜呜，女儿要八百块钱学琴，他把女儿打了一顿，脸都被他打肿了……苦了我没关系，呜呜，可怜女儿早早就要看她爸爸脸色，求他不要跟我离婚，呜呜……我见过外面那女人，我就不懂，那脸黄的，人瘦的，连点正常人样也没有……他妈妈生病，是我替她擦屎擦尿，他怎么能这么忘恩负义啊，呜呜……

唉。阚晓于对着窗外一声长叹，再把话筒搁下。

又响。停车。再响。

一个高昂的男声——女人骗起人来真他妈狠啊……我一直以为她们是朋友，两个女人喜欢一起缝缝补补没什么嘛，结婚以后还特意把房子买在一个小区当邻居，两家人关系那么好她男人是给领导开车的也常常顺便接送我们的孩子，孩子们现在都不小了……谁知道她们是同性恋，两个人在一起的时间比我们结婚还长。她们就是约好了还住在一个小区里，光明正大乱搞。我在床上抓到她们的，在床上啊……

阚晓于把话筒搁到一边去倒水，回来重新拿起电话，那头还在继续说……想想吧，两个女人多恶心。早知道怎么会和她结婚？谁结婚不想找个干净女人？都以为要防男人，谁知道她要女人呢……欺骗我十几年，还得分她大半生的家当吗？丧尽天良的骗子！要不是为了孩子大家都别活了，你说这日子还能过吗……

没法过。阚晓于默默地想了想，扣了话筒。

铃声再次大作。阚晓于拿起外套，把电话包裹了个严严实实。铃声并没有轻多少，闪烁的红光隔着外套透了出来。有人从她座位前路过，是一个面熟的财经记者，他没看她，也根本没留意电话铃，只是疲惫不堪地揉着眼睛，去了厕所。

隔着衣服，电话的红光还在闪。阚晓于把电话从衣服里剥了出来，等她剥完了，电话不响了。她听到并不算近的厕所响起了冲水声。

电话突兀地响了起来，水声消失，铃声尖锐刺耳，吓了她一跳。一腔正气的老太太怒不可遏地呵斥道——你们报纸越来越没社会责任感了，什么中学生性心理讲座！不负责任！什么道德水平！败坏社会风气！你们辜负父母，辜负国家对你们的培养！难道你们的父母辛辛苦苦送你们上学就是让你们乱搞男女关系……

阚晓于轻轻地放下话筒，将窗户推得更大了些，点了一根烟。

这是个闷热的夜晚，潮湿的风扑面而来，空气里的水分粘在皮肤上。楼下的停车场还亮着，灯光透过棚顶，把楼上人家扔下来的包装袋、卫生巾、烟头、废纸、碎成几半的花盆照了个一览无余。不知对面楼上哪户人家在听戏，几乎震耳欲聋：“看大王在帐中和衣睡稳，我这里到帐外且散愁心，轻移步走向到阶前站定，猛抬头见碧落月色清明……看，云敛清空，冰轮乍涌，好一派清秋光景……唉，夜色虽好，只是四野俱是悲叹之声。呀，适才听得军中谈论，只因救兵不到，均有离散之心，哎呀大王，大势去矣……”

“只因救兵不到，均有离散之心，哎呀大王，大势去矣……”她跟着唱完了最后一句，回头看看，办公室静悄悄的，没有人。她关上了窗户，拿起电话听了听。

对方已经挂断了。也许一会儿还要打过来，也许明天会投诉她……厕所里的水声还在响。她竖起耳朵，努力在尖锐的电话铃声中分辨细微的水声——平稳，和缓，有节奏。然而没有人的动静。

她起身去敲男厕所的门：“有人吗？”

“……有人吗？”

没人回答。

她推开门，看见那个疲惫不堪的财经记者，坐在水池边的木桶上，脑袋半悬挂似的垂在胸前，水已经漫到了他的脚下，凉鞋湿了，脚上还粘了一大片卫生纸。

她踮着脚去关了水龙头，推了推他。他睁开眼睛，迷糊地看了她一眼，突然醒了：“啊呀，不好意思，睡着了……这两天太累了，太累了。”

一个少年的电话，他啜泣，说因为恋爱，他和他的小恋人被父母打了，他们想一起自杀。

自杀？有段时间，她无论是睡着醒着，怎么都觉得什么也看不见、听不见，她分不清楚白天黑夜，自始至终大脑都在高速地运转，

却仍然白茫茫一片，她感到窒息，感到痛苦，却不知道为什么。仿佛有个小鬼趴在自己的后背上，凑在她的耳边不停地说死，死了就好了，好了。好了是什么？是拒绝，是停止，是一切游戏都结束？后来，她养了一条名叫幻灭的鱼。

话筒那一头的少年还在哇哇地说，夹杂着泣不成声的鼻音。

她问："你什么时候自杀？"

"……明天。"

"那，怎么自杀呢？"

"撞车？跳楼？反正明天放学我们就去死！只要两人死在一起，什么都行！"

"……我这里有安眠药。你要吗？原价卖给你。"

少年发出了嘶哑的叹息，仿佛是惊骇，又仿佛被重物击打的剧痛。紧接着电话断了。

她握着电话怅惘地听着短促的挂断声。

醒来的财经记者从厕所里出来了，他头发湿淋淋的，冲她微微一笑，走开了。

天蒙蒙亮的时候，下起了小雨。头天的热气消化了一个晚上，陡然有了些许凉爽。路灯还没有熄，但不抬头的话，已经看不出有光了。微凉的风在四面八方的楼宇之间穿行，她经过一家家还没有开门的小店，经过了三个红绿灯，很快就要到家了。她抱着昨夜在报社门口买的一包橘子，在路口等灯。

广告牌滋滋地发出喑哑的电流声，一个接一个地熄了灯。

一个老人和一个孩子蹒跚地走在宽阔而宁静的马路中央。

绿灯亮了。

阚晓于没留意，还抱着橘子站在路口。

红灯又亮了。

一辆风尘仆仆的长途车停在她面前，车门开了，下来两个人，售票员帮他们把行李拎下了车，在上车前看了她一眼，探询的眼神。

后来，阚晓于想到，就是这无关的一眼，生活突然转了个莫明其妙的小弯。

婴儿趴在男人的怀里睡着了，女人替男人剥了橘子，一瓣一瓣喂给他吃。

阚晓于也在自己的座位上耐心地吃橘子。她面前堆了一大袋橘子皮。空气中弥漫着橘子清爽的黄色味道。

人们打着瞌睡，像是开会时纷纷点着头。隔着过道那也在吃橘子的三口之家，男人的右手可能被机器压过，手指和手掌变了形，扁平肿大。他变形的手围在孩子圆圆的脸侧，孩子睡得正香，口水从嘴角渗了出来。

如果你羡慕别人的幸福，多半是因为你了解不够。她突然对自己一声冷笑，翻开放在膝盖上的书。

一本写死亡的书，封面是一张婴儿的脸。她把手放在婴儿冰凉的脸上。这会儿，小雨已经成了暴雨。车子在努力冲破密集的点滴。车子的起伏之中，她看见自己腾空而起，看见自己变成了一架巨大的飞机，马路两边此起彼伏的楼房就是她的跑道，她在凸凹不平的跑道上滑行，踩得屋顶轰隆噼啪作响。

她警惕地往四周张望，生怕吵醒周围那些陌生人，害怕他们发现她准备起飞。他们一定不会让她飞的。

此时，车厢里的空气温暖而又污浊，机油味飘浮，乘客仿佛都在沉沉沉地睡觉。

瓢泼大雨中，她昂首挺胸，从不断下陷的跑道上拔出来，奋力冲往天空……尖锐的吱吱声，车子剧烈摇晃，戛然而止。

她睁开眼睛，茫然地看见，车子停在一片空地上。平房洒出来几缕微弱的光，几个男人披着雨衣络绎而出，和司机用方言低声说话。

车上的乘客都醒了过来，有人起身下车。雨声越来越大，车子四周聚了三三两两的人。一人躺到车门底下乒乒乓乓敲打，几人拿着手电筒，抖动的光圈像惊慌的兔子，在草地上来回跳动。一个中年女人站在平房门口大声说话。

阚晓于在黑暗中摸索，几次踩到别人的行李，撞醒了一个还在睡觉的人，门口司机巨大的阴影转了半圈，用不标准的普通话问：“你要下车？”

车门缓缓地开了。

男人们慢慢地给她让出条路。一个黑瘦的矮个子男人目不转睛地看着她。挤过湿漉漉的人群，她站在屋檐下看着车底的光。一张破旧的草席，两条卷起裤腿的腿。车子在一个陌生的地方抛锚了。

她问一个陌生女人哪里有厕所，女人指了指身后的帘子。那是个空荡荡的大房间。光线昏浊，烟雾弥漫，屋子正中间放了张没上过漆的大方桌，几个中年男女在推麻将牌。他们看到她进去，没有表情也没有说话，手下不停地哗啦啦翻着麻将牌。她又问厕所在哪里。一个男人不耐烦地又指指身后。

原来房间的角落有扇小门，藏匿在没有光线的阴影中。陌生人的注视如同一个个针尖扎着她的后背。她手忙脚乱地穿过房间，推开了门，看见一道向下延伸的铁梯。她感觉有些奇怪，明明记得这房子是坐落在平地之上的，怎么突然就变成了坡地。她一哆嗦，想转身回去。然而，背后那个空荡荡的空间，一群打牌的、阴沉的陌生人，披着诡异的光线，也并不能让她觉得安全。

一声接一声的喇叭尖厉地响起来。显然，车子修好了。

她急急忙忙提起裤子，从厕所冲出去，跑上了楼梯。她狼狈地大步往回跑，就像自己每天都来上厕所，一路经过的陌生人都让她更加熟练。

出了房间，她看了一眼手机，夜里的十一点四十分。

晦暗的光线下，车上那些张张暧昧不清的面孔，目光似乎都落在了她脸上。爸爸腿上的婴儿突然醒了，踢着双脚大声啼哭。妈妈把孩子抱到怀里，晃着晃着哼起了儿歌。司机不耐烦地瞪着她："已经误点了，动作快点！走了！"

莫名感到难堪，前一秒钟还没有冒出来的念头，立刻就从她嘴里冒了出来："好，我拿好东西就下车。稍等一下。等一下。"收拾东西的时候，司机不耐烦地催促她："快点……就等你一个人……破事儿真多。"

不过，这会儿，她已经不在乎了。

就这样，几分钟之后，她意外地形单影只地站在了空荡荡的公路上。雨似乎小了许多。路边一盏并不算明亮的街灯，高高的，孤零零的，就是她能看见的全部世界。

“……然后嘛……然后我就回来了。”

幻灭围着她的手指转圈，激动地甩着尾巴，仰起脑袋，吐泡泡。“然后，还有吗？”

“还有的话……就是继续养你。”

幻灭一扭身体，仿佛羞涩，或许是失望，飞快地回到了水底。

她手忙脚乱地清理床单，打扫房间，洗衣服，很高兴自己经历了这么奇妙的一天一夜，终于可以痛快地洗个澡……她忽然闪过个念头，初蕾蕾被捕前，也在洗澡。这个念头让她感到极不舒服，她拉开抽屉，初蕾蕾那张画就扔在这里。没有门窗的房子，没有面孔的人。

她用力把画揉成了一团，扔进垃圾筒。

②一条寻找月光的路

路法官翻开案卷。

一桩杀人案。犯罪嫌疑人十五岁。被害人是犯罪嫌疑人的外婆。

“……我在游戏厅碰到的王落磊。上个礼拜他来我家睡过觉。他说他没地方可去，问我能不能去我家睡。我说行。我们先一起去买的花盆，我说是给外婆买的，他说好看。他跟我回家，本来我以为外婆去替我妈打扫卫生，不会回来的。没想到外婆在家，她看见王落磊就生气了，不知道为什么，她好像疯了一样生气，一边哭一边骂我下贱，还要打我。我叫王落磊出去等。他还没来得及出去，外婆用力扇我耳光，扯我的头发，我推她，她说要拿菜刀砍死我，她真去找刀，我就拿刚买的花盆敲她的头，她疯了一样打我的脸，我又使劲敲了几下，她就摔倒了；因为她还想打我，我又砸了几下，她就不动了，我想她可能晕过去了，她老是眩晕的，一晕就好几天。我就出去找王落磊，想让他帮我把她拖进里屋，出门看见赵晓东和王落磊在一起，我怕他们知道就不去我家了，所以我就自己回家把她拖到里头，然而才让他们到我家睡觉的……”

有几张现场的照片。尸体窝在床上。掉色的床单。地上的青瓷碎片。

继续翻。

“我没问。她家的事儿，我有什么可问的。说不定她外婆去找她妈了呢，她家常常这样的。我和赵晓东轮流和她睡，赵晓东大概十一点半走的，因为他爸爸会打他。我最近在修车铺打工呢，所以睡到早上八点，就去上班了。”

“王落磊走了一会儿，我起来了，听听没动静，以为外婆去我妈家了，说不定去叫我妈回来打我呢——我想先去洗澡吧。我都没关家门，想着她们很快就会回来。”

九点钟，邻居发现了尸体。十一点，女孩在澡堂被捕。当时她脸色红润，浑身湿淋淋的，浑身沐浴露的香味，看见警察来还挺诧异，浑然不觉有什么。

一大早去澡堂，洗了近三个小时？案卷上写得很清楚。她接着看。

案卷里有女孩的照片，仰着圆圆的脸，眼睛睁得大大的，仿佛没料到被拍，有些意外。一个面目模糊、不以为然的女孩。路法官合上了案卷。在楼下，路法官看见一个黑衣服的女人在传达室前翻滚号叫，几个保安试图按住她。

她意外地看见丈夫的车在门口的车道上，他一边发动，一边说："这就是那个小孩的妈。"

"哪个小孩？"

"刚刚杀了她外婆的。"丈夫盯着路前方，转方向盘。

车子一拐，她再次看见两个保安跪在地上，用膝盖压住了女人的头发，将她的胳膊扭到背后……车子一个转弯，法院消失了。

"你今天怎么有空？"

"……晚上出差，回家收拾一下东西就走。"丈夫说。他们在家的时间都不多，习惯了这样的生活。有时候，他们好像在办公室碰头更多一点，谈谈案子，顺便嘘寒问暖。

"……三个钟头洗澡。"她说。

"……嗯哼。"丈夫扬了扬眉毛，仿佛想起什么似的，"今年过年能一起休假吗，去哪里玩？"

"肯尼亚？我最近看了一本书……"她立刻表示雀跃。

"不可能有这么久的假。"

他看着前方，她翻开包，拿出一张《未成年人情况调查表》："我要去……我找找地址。"

"嗯，对了，我可能有日子不在，帮外甥买样礼物，快过生日了呢。"

路法官沿着繁花怒放的小路进了那个高档小区，挂着对讲机的

保安指了方向，她找到了楼号，大楼门厅另一个前台保安笑容可掬地叫她登记，顺手便拿起了电话，讲了一句后，把话筒递给了她。

一个柔和的女声问她：“你是哪位？”

“……抱歉打扰了，我是法院的……初蕾蕾……”

对方立刻回答：“你把电话给保安吧。”

保安听了几秒就搁下了话筒：“你上去吧。”

路法官从闪亮的电梯间出来，一个头发高高地盘在头顶，脖子修长的中年女人站在门口望着她。

“你……就是法院的？”

“对，打扰了，我姓路。”

女人让她进门。“初秋光出差了，不知道他什么时候回来。”路法官看着这个家里，到处都在透露价值不菲的气息。

“初蕾蕾的事儿吧，不一定能帮上你，我们对她都不太了解。现在怎么样了？”这位弟媳妇沏了茶搁在路法官面前，坐在她对面得体地说。

“你们不怎么走动吧？”

“以前还偶尔来……他们关系不好，来了他就发脾气，你是法院的，我也不瞒你什么，初蕾蕾出生以前，他们姐弟关系就不好……”这位得体的弟媳妇矜持地笑笑，欲言又止的样子。

“这样啊……关于初蕾蕾，你知道些什么呢？”

弟媳妇沉吟了几秒：“也不是太了解呢，一个孩子……她是我接生的。有一天半夜三更医院给我打电话，说我姐快生了。我根本没姐啊，同事催得急，我爬起来跑到医院一看是她。你觉得她算是真疯了吗？她清楚得很，知道自己没钱生孩子，就跑到我们医院说是我姐。”

“呵呵。一家三代女性……一家人吧，了解情况挺困难……受害人，就是外婆，你怎么看？”

“谁知道呢……”弟媳妇看着路法官，“这三人恐怕差不多呢，都有点疯疯癫癫的。他们家人吧，感觉都挺奇怪的……他也很少去看他妈，每次都是我去送点钱，送点礼物，他自己借口说公司忙，说有一百多人都要他养，上百人都有妈……这可怎么说呢？”

“如今这状况……”

“嗯，葬礼还得我们办呢……他也让我跟他姐说了，要用钱的话，我们这里有……她将来终归要出来的，总还是要有条生路吧。”

“蕾蕾和外婆的关系……你们事先没发现有什么问题？”

她想了想说：“没有什么吧……一老一小的，不过……有两年了吧？蕾蕾来我这里借过钱，叫我不要告诉外婆，不要告诉她妈。”女人努力地回想，“……好像是因为她画画不错，美术老师想单独教她。她外婆不让学。她就来找我。她要的钱也不多。就两百。我给了。后来她没再来要钱，不知道有没有学下去呢。”

“那么……后来呢？”

“蕾蕾这孩子内向，很多话不讲的……她来借钱的时候说，不能画画，就只能退学了。我当时以为成绩真的太差了，学画是个办法。我家他觉得小孩子的话不能信，他说，蕾蕾在学校还说过她妈是明星呢。”她一声叹息，“结果，后来她真退学了。是她自己一定要退……这事儿以后，我有时想，当时如果帮她学画，是不是就不会到这一步…… 也难说是不是……”

路法官点点头，摊在手里的文件收进了包，欠身起来要道谢告别。

弟媳妇看着路法官，那眼神似乎在制止她：“再喝一口茶吧……”

茶的味道确实不错。路法官想。展开的叶子在水杯里怒放开来，色泽均匀透亮。

“我其实早就觉得要出事儿……”她的表情些许懊恼，也许更多的是惊骇后的余悸，“只是不知道会这样。一家三个女人相依为命，一个老，一个疯，一个小，三个脾气其实差不多，都暴躁…… 谁看着会觉得正常？我当时真应该继续让她学画，也许她真的有画画的天分也说不定…… 浪费时间也总比上街和混混在一起好。”

“嗯…… 这些说不准的事儿。”路法官顿了顿，“她还未成年，妈妈的情况又是这样…… 可能需要亲属代理人……”

弟媳妇长吁一口气：“…… 又得是我？”

路法官提醒说：“也可以是她舅舅本人。”

接下来就是段程序，弟媳妇一再抱歉，路法官一再道谢。电梯门关上，弟媳妇微笑的面孔消失了，路法官的面前出现了一面镜子。镜子里的她身后是一家健身俱乐部的广告。一对年轻情侣飞跃在半空中，迎接一个类似太阳的网球，广告词是——“高贵社区，美好生活”。

路法官一天都在收拾房子。半个月都没有收拾过的家，花要浇水，地板要打蜡，纯净水快没有了，堆了几天的锅碗已经在厨房散发异味了；窗户玻璃遍布前些天落的雨，大理石地面一层厚厚的浮灰，沙发罩和床单应该有三个月以上没换了，土耳其浴桶里面盛放的全是从花盆里散落的灰土和枝叶。或许她应该顺便洗个澡，再把几个星期积累的脏衣服一起洗掉。她手脚不停，自嘲地想，置办了一个享受的家，却没时间留在家里。

隔壁家的姑娘在唱歌，啦啦，啊啊。

隔壁是一个音乐世家，父亲是拉大提琴的，母亲是弹古筝的，独生女叫小娴，听说在读音乐学院。常常清晨时分能听到她在阳台上练声。她深感困扰，又不便投诉。

上学的时候，她爱攒钱去听音乐会。她觉得，音乐独立于任何可说出口的话语之外，只能由个人的内心感受，不可传达，无法描述，是美的极致。曾经有一次她在乡下，田野边的高音喇叭里突然吱啦啦地爆出一曲听不懂的咏叹调，顿时心生无名悲凉，眼睛随即一热。

她从未跟任何人说过这种迷恋，仿佛只是隐约的、暧昧的。如同音乐本身一样无法表达，无法描述，能说出来的都并不充足。这让她觉得与他人相隔，不可探究。

到了夜里九点，路法官就睡了。她睡得正昏沉的时候，突然听到“咚”一声，忽地醒了过来。

声音似乎来自阳台。她竖起耳朵仔细听。夜色沉寂，好一会儿她没听到动静，除了夜本身的静默，如同滋滋的电流声，咿咿的静默之声。她没有动弹，甚至没敢翻身，只是躺在那儿听着、等着，那睡意被惊飞了的头脑格外清醒。

大约过了有二十分钟，就在她的心渐渐地放下来的时候，又听到了细碎的响动——那沉闷而又缓慢的滚动声，来自阳台的玻璃拉门。之后，是一种细细的、轻微的摩擦声，有人在客厅里轻手轻脚走动。微弱的月光下，路法官看见一个瘦小的身影，出现在卧室门口。

路法官睁大眼睛，咬住了被子，让自己千万千万不要发出声音。

瘦小的身影站在卧室门口，仿佛在观望她的动静，或许是在打量房间的布局。路法官突然想到，什么样的呼吸声才不会招致怀疑。这念头还没有退去，瘦小的身影已经转身去向客厅。借着月光，她看清楚了，这是个年轻的女人。

如同咣当一声巨响，路法官的脑子转清楚了。她坐了起来。

屋门咔嗒一响，女人从她家大门出去了。

路法官将台灯轻轻地拧开，调到最微弱的光线，起身去了阳台。

果然，隔壁家的客厅和北卧室都亮着灯——隔壁人家唱歌的女儿。

“你们该结婚了。”五年前，妈妈查出了乳腺癌，没几天，爸爸以一种语重心长的态度，对她这么说。

“爸爸，我想出国读博士。”她说。

“读多少书不都一样为了找工作吗？”爸爸冷静地回答。

他说的话也许没错。尽管她心里有个声音在嘶喊，并非为了工作，不是为了工作。可那还为了什么呢？她也不清楚。她说不出什么道理来。爸爸会说，任性不是什么大错，可是懂得节制才是智慧。

她知道。所以她迫不得已保持了沉默。然而相亲和恋爱为什么不一样？

后来，妈妈出院的时候，和爸爸一起坐上了长途汽车来见她和当时的男友。他们说，妈妈也许要走了，妈妈希望在走以前，看见自己的女儿有所交代。爸爸妈妈说要办一场盛大的婚礼，甚至同意了他们突发奇想的念头，在海边办一场热闹的酒会。然而他们回去的路上，一架农用直升机从天而降砸在公路上，恰恰就在爸爸妈妈搭乘的汽车前方，爆炸现场阴雨绵绵，充溢了浓厚的农药气味。

那是一场混乱的认尸过程。听说有人被玻璃削掉了半个脑袋；有人内脏被挤压出了身体，有人脖子断了，吐了一夜的血才断了气。她的爸爸被抛出了汽车，妈妈还留在座位上，他们都死于内脏震动破裂，不但保有全尸，而且面色潮红，表情祥和，似乎已经放下了最后的心事，安心离开——反正，他们把父母的尸体从小门推了出去，把她关在了门外。

她记得丈夫拽着她的胳膊，死死将她抱在怀里。其实当时她并不害怕，也不悲伤——悲伤和恐惧都是慢慢地来的，在事情仿佛已经过去，生活渐渐重新开始的时候。她渐渐回想了父母的一生。她和他们生活了二十多年，才发现自己并不了解他们。她听说他们曾经破四旧，曾经武斗，大学读了一半被扔到穷乡僻壤去学工学农。他们年轻时的照片看起来都那么瘦弱，裤管随风飘浮像裹着的是竹竿。他们期待自己的女儿省却他们走过的弯路，早早过上正确的人生。她上学时，他们共同监视她的日记和信件，防止她有不良思想或者活动，交上不良的朋友，他们随时拿起剪刀比量女儿的头发让她形象端正，妈妈的旧衣服一改再改是为了艰苦朴素的精神，她曾因为自己的寒酸而拒绝参加学校的会演，也曾因为枕头底下藏着街道图书室的言情小说挨过耳光。他们相信这不仅仅是浪费时间的问题，这是立场问题。

立场问题——她前半生萦绕不去的噩梦。成绩单就是一个严肃的立场问题。

老天从来不曾担保生存的薄冰不会破裂，也不会预示什么时候破裂。在殡仪馆里，他们的神情正是她所认识的他们，严肃、规矩，他们随着岁月皴裂的肌肤压在玻璃下终于平整了。她抱着骨灰盒想，我没能理解你们的辛苦，不了解你们的命运，除了成为你们的负累和牵挂以外，从没能帮上你们。请你们原谅我吧！你们会原谅我吗？

隔壁家的姑娘——未来也终将提出这个问题吧！

她拉好阳台的门，又抬头看了看月亮，对着它笑了笑，自言自语说，原来是你。

初蕾蕾缩在椅子上。肥胖的女警察碰碰她，她立刻挺直了身体。只是目光仍然垂在桌面，不肯抬起头来。

路法官在她对面坐下，也低着头看大半还是空白的调查表。

“初蕾蕾，这两天还好吗？”

“好……吃得好，睡得好。”初蕾蕾机械地回答。

“我见过你妈妈了，还有你舅妈。”

“……”初蕾蕾不作声。

“你不想知道她们怎么样吗？”

“……她们还好吗？”

“她们很关心你。”

初蕾蕾一动不动，目光藏在在路法官看不见的深处，仿佛在等待下一句话。

“你出生的时候，是你舅妈给你接生的，你知道吗？”

初蕾蕾回答：“不知道。”

“你喜欢你舅妈吗？”

“喜欢。”

“她对你好吗？”

“挺好的。”

“那……你喜欢你舅舅吗？”

“……舅舅养我们。挺好的。”

“妈妈呢？你喜欢妈妈吗？”

“……喜欢。”

“妈妈对你好吗？”

“很好。”

“你对妈妈好吗？”

“……不怎么好吧？”

“为什么？”

有那么一会儿，初蕾蕾没吭声，她大概在用力地想个现成的答案。而后，她终于开了口：“母爱是伟大的。”

“你这么觉得？”

“老师说的。”

“那你觉得你妈妈伟大吗？”

“…… 伟大。”

“外婆呢？”

初蕾蕾沉默。

“初蕾蕾，外婆对你好吗？”

“挺好的。”

“那你喜欢你外婆吗？”

“喜欢。”

“你觉得外婆伟大吗？”

“外婆是妈妈和舅舅的妈妈 …… 妈妈和舅舅觉得她伟大。”初蕾蕾谨慎地回答。

“…… 我听说，你喜欢打游戏。”

“…… 嗯。”

“为什么？”

“好看。”

“好看？什么好看？”

“画好看。游戏的画好看。”初蕾蕾抬起了眼睑，怯怯地看着路法官，随即又垂了下去。

“你舅妈告诉我说你喜欢画画。”

“舅妈记错了，我不喜欢画画，也不会画。我只是觉得好看。”

路法官目不转睛地看着初蕾蕾。

初蕾蕾脑袋埋在胸前，在等待她的下一个问题。

路法官把案卷收进了档案袋，一边收拾一边说：“初蕾蕾，法庭要求，你得写一份悔过书。”

“好的。”初蕾蕾机械地回答。

“你知道写什么吗？”

“检讨。”

“写过吗？”

“没有。”

“你在学校没犯过错误？”

“犯过。但没写检讨。”

“为什么？”

“妈妈说我没错，不用写。”

“这次你有错吗？”

“有。”听起来并不坚决。

“你就写写你为什么……做错事儿，你是怎么想这件事儿的，你今后打算怎么办。”

初蕾蕾点点头。

丈夫嘱咐她给外甥买生日礼物。送特别点的礼物，不过……什么特别呢？先生也没想出来。他最近一直在跟踪一起连环杀人案，有英雄情结的男人，对这类案件当然最感兴趣，在家也不忘和她讨论作案手法。也许小男孩多少都有英雄情结？也许一套侦探小说集是份适宜的礼物。

拎着书从书店出来的时候，她看见一个眼熟但又有些陌生的身影穿过大街上的人流。她仔细看了好几眼才确定，确实是隔壁家的女儿小娴。

她见过的小娴，一向直发披肩，衣着端庄，面带微笑。然而这会儿她却完全是另一个人，挑染的蓝色短发，黑色的嘴唇，三条短促的冲天辫，网洞 T 恤，写着英文字母的破洞短裤，大半肚皮露在外头，肚脐周围贴了一朵黑色的玫瑰花。

路法官走在塞着耳机听音乐的小娴身后，清楚地看见侧目甚至侧身的路人。他们的目光各异，有的谨慎，有的鄙夷，有的兴致盎然。小娴似乎什么也没看见，她摘下耳机，掏出手机说电话，三米之外的路法官都听到了她肆无忌惮的大笑，清清楚楚。挂了电话，小娴在一个售货亭前停下脚步，买了根烤肠，信步走到交警的岗厅前舔食那根台湾香肠，盯着路过的那些神情猥琐打量她的中年男人。

路法官惊骇地站住，躲在塑料车棚后头，隔着车棚的裂缝观望。一对父母拉着孩子远远地绕开了。几个男人嬉皮笑脸地站定了，试探地和小娴说话，渐渐围拢了过去。

路法官的身后，堆在车棚角落的水泥袋和棉胎突然被掀了起来，一个老太太钻了出来，还有两个脸上全是灰的孩子。老太太朝路法官伸出手："行行好，行行好吧……我家发了大水，我来这里找老乡，没想到老乡搬家了……"两个孩子开始拽她的衣角。

路法官的喉咙奇怪地堵住了，发不出声音来。她心急火燎地看着三个衣衫不整的中年男人渐渐走近小娴，包围圈渐渐地收紧……突如其来一闪念，她掏出了钱包，抽出一张一百的塞给其中一个男孩："给你们一百块，你们帮我做件事！去，去跟那几个男人要钱去……看见没有，那一圈，抱住他们，缠住他们，问他们要钱！你们要到一块钱，我就再给你们一百块！"

两个孩子交换了一下眼神，迅速地跳起来，跑了出去。只看见他们两个，一个抱腿，一个下跪，仰着小脑袋一哭三诉，男人不耐烦地推他们，小娴无聊地收起了笑容，紧绷的身体线条放松了，懒散地四处张望。

路法官疾步迎上前去："小娴！这么巧！"

小娴迅速挺直了腰，一口吞下了最后的烤肠，把棍子扔到垃圾筒里，没事儿人似的走了过来。"这么巧。"她一边说，一边摸了摸自己的头发，不好意思地笑了笑，"你看我刚理的头发……我在排一场话剧呢，形象反叛吧？"

"呵呵，真是为艺术献身啊……你这就回家吗？"

"喔，不是，我刚从家里出来，马上回学校。"小娴不慌不忙地回答。

"咦，我们正好同路啊。"路法官接口说。

"……咦，你到哪里去啊？"小娴吃惊地问。

"我正在……调查一个案子。"路法官看着手中那袋沉甸甸的书，真想抽自己一个耳光。

"真辛苦……"小娴的话音未落，一个小乞丐迎面过来，拉住她的衣角："姐姐……行行好……"

小娴抬起高跟鞋用力踢了他一脚："我恨你！你们这种贱人，都应该去死！赶紧去死！"

路法官张口结舌，愣在原地。

小乞丐也傻了片刻，但随即又扑了上来，紧紧抱住小娴的腿："你打人，你打人，你赔看病的钱！"又有几个小孩，迅速地从不知哪里冒了出来，朝她们跑了过来。小娴被两三个孩子抱着，趔趄欲倒。

“你们还是人吗？看看你们自己，你们活着干什么？滚蛋！”

将小娴送回隔壁的家之后，路法官决定镇定镇定。她一回家，便规规矩矩地看着配方，依照钟点给自己煮中药——药已经很久没吃了，然而她觉得自己应该吃。不过，等再想起来的时候，空气中弥漫着煳味，她掀开锅盖，一股白茫茫的烟雾冲到她脸上，熏得她眼泪直接流了下来。她手忙脚乱地关了火，推开窗子，拿了一块湿毛巾在空中挥舞，毛巾卷住了砂锅，将锅拉到了地上碎成了片，和中药的渣滓一起飞溅。

路法官突然感到非常狼狈，她拎着湿漉漉的毛巾站在厨房里，茫然看着药渣。

大前年，她怀孕了。检查的时候，胎动和发育都正常，十个月后，孩子生下来就是死的。医生说，她和丈夫的血液冲突，导致孩子造血机能丧失。低概率事件。医生鼓励她别灰心，再有孩子别害怕。本来只是低概率事件，调理没用，不过婆婆坚持介绍了个老中医给她，调理了半年。前年，她又一次怀孕，十个月里，每一次常规和非常规检查都是正常的，但孩子生下来，一样，已经死了。这一回，医生也不再鼓励她了。医生说……人类对科学的探索，还远远不足……这事儿，你们还是得自己克服，自己决定，自己调整心态。

她也不明白为什么，失败和死亡就此缠住了她。空气里还弥散着烟雾和中药的味道，尽管窗户已经洞开。她蹲下来捡砂锅的碎片，药渣有刺鼻的浓烈味道。那些活着的、死掉的希望，而初蕾蕾说，母爱是伟大的。

路法官感到万分沮丧，她坐在湿淋淋的地上，想哭然而哭不出来，从她胸腔发出的声音那么撕心裂肺。她吓了一跳，没想到自己竟然这么难过。

树荫底下的天台，曾老师懒散地坐在藤椅上，一头乌黑的卷发落在肩上，双手捧了一杯茶，腿上盖了条花花绿绿的围巾，侧过脸望着她。路法官一时间被这个女人微妙的姿态，以及纤弱的气质迷惑了。这种纯粹的女性化，有一种孱弱的力量。这种感觉让一直充当女强人的路法官分外不适。

“你是法官？这么年轻。”曾老师的目光和声音一样细软。

路法官四处张望：“哪里有……椅子？”

“门里全都是。对不起，我腰病犯了，站起来不太容易。不好意思。麻烦你自己搬一下。”

路法官放下包，去教室自己搬了把椅子出来。

曾老师看着她坐下来。“……我怎么想怎么觉得，你还是应该找她的班主任，他比我了解初蕾蕾……他就在楼上，要不要我叫他来？”

“我会找他的……曾老师，你教了初蕾蕾几年？”

“两年？差不多吧。我一毕业正好接的就是初蕾蕾那个班。”

“你对她印象怎么样？”

“没什么印象。”曾老师简短地回答，笑眯眯地瞅着路法官。

“初蕾蕾是不是很喜欢画画？她画画怎么样？”

“画得还可以吧。不过，我认为她不喜欢画画。”

“为什么？”

“我记得吧……她的画……很有意思……画画这事儿吧，本来就是凭感觉，她的感觉挺好。艾老师，就是她的班主任，觉得她有点才华……问她为什么房子都没有门，人都没有脸……她说她觉得就应该这样。我说我来教你画画吧，怡怡情也是好的，将来上美院也说不定……这孩子呢，根本没理我，继续交她那些没有门窗的房子给我，一模一样，就是每回换个颜色。”

“……不理你？怎么会这样？”

“我哪里知道呢，说话的时候她好像听见了，也没什么表情。之后有段日子，她一看见我就跑，连课也不上了。我还特意在楼梯口拦了她一回，问她为什么不来上课。她说家里人不让学，觉得画画没用……反正一般家长都是这态度，我也就没再管。”

“……这样？她没跟你学过吗？”

曾老师点点头：“没学过。说不定没钱呢。这就不好随便问了。”

一封厚厚的信摆在路法官的办公桌上。信封是白色的，打印出来的黑色字母整整齐齐的。路法官下意识地四处望望，见没有人注意，赶紧把信塞进包里。出了大门五十米，她才拆开。

真的是。她可以走了。她要去德国读博士。

她站在原地，拿着信，恍惚之间怀疑自己如果真的走了，还会不会回来。她还没想好要不要告诉丈夫她要走了——再说，她是真

要走吗?

她一点也没注意，一个身材高大的少年从马路对面冲着她跑过来。他挡住她的去路，试图和她说话，心事重重的路法官愣了愣，疑问地看着他。

“我想见见初蕾蕾。”少年紧张地红了脸，“我找了你好多次，他们都不让我进门。我只好在你们的网站搜，找你的照片。我等了好几天。”

“她不在法院。探望不是法院的事儿。你是她什么人？”

少年的脸红了，脚下意识地颠来倒去地换，几乎倒退一步：“熟人吧，我叫王落磊……”

“哦……有什么话，咱们边走边说吧。”路法官从他身边绕开，继续走自己的路。

王落磊跟在她后头：“你能……能让我……见见她吗？”

“你见她有什么事儿吗？”

“……那天晚上我在。”

“我知道。”路法官看着绿灯亮了。

过了马路又走了一段，王落磊才又开了口：“……我想……见见她。”

“不行。”

王落磊的脸刚刚退去的血色又涌了上来，脸神经质地抽搐。

“我刚刚见过她，她挺好的。”路法官补充说。

“可是……我能见见她吗？记者找你行吗？你帮帮我，让我见她一次？就见一会儿。”

“记者？什么记者？什么意思？”

“这个。”王落磊递给路法官一张已经皱了的名片。

阚晓于。记者。路法官的脑海里从来没有过这个名字。她把名片还给他：“没用的……你不能见，记者也不能见。这记者是你什么人？和初蕾蕾又有什么关系？”

王落磊把手里的名片捏成了一团，没有回答。

路法官看见丈夫的车缓缓地靠在了路边。

“……要是你有什么东西想给她，大概我能帮你转交……”路法官停下脚步，斟字酌句地说。

王落磊犹豫地看着自己的脚尖，跟着路法官，也下意识地停了下来。

“……没什么要转交吗？没有的话……我得走了。”

“……那天晚上，她本来是想要一朵黑玫瑰的。”王落磊看着路法官的眼睛慌乱地说，“她到游戏厅找我，让我陪她去刺青店，她想文一朵黑玫瑰，只要我肯陪她去文身，她就陪我睡觉……”他垂下眼睛，尴尬地舔了舔嘴唇，“……我陪她去了，都要交钱了，她又说不文了，叫我陪她去买一个青瓷花盆，说是送给外婆养花用……”

路法官站在原地，有点走神。车门开了。丈夫询问地打着手势。

“……是吗？她买花盆送给外婆？”

“……她说外婆要过生日了……后来我看见罐子碎了一地，我猜就是打起来了，我也没多问，以为是被她气走了……前两天我去刺青店，想买一朵贴在身上的黑玫瑰给她……可是刺青店关门了。”

丈夫做了一个打电话的手势。啪，车门关了。

“关门了？”

“嗯……说是那条路要拆了。”

路法官看着丈夫的车开走了。

③一本死于华年的小说

艾老师想活络筋骨的时候，就在学校的沙坑里铲沙子。学校本来也不是太大，不过前几年还是有球场和跑道的，到了这几年，球场和跑道都填平了，盖了楼房出租，楼上租给了一家低档旅舍，常常有鬼鬼祟祟的人进出。楼下则破墙开了店，有花店、服装店、烟酒店，还有一家录像出租店；老板把黄片都藏在桌子底下，看见不像便衣的中年男人就神秘地招呼，悄悄亮出一两张图来——总之，丰富多彩的商业时代来临之后，学校现在只剩下一座教学楼、一片狭小的水泥地和一块砌了沙坑的草地。

校园是大是小，艾老师倒并不关心，他只要一张书桌和一个沙坑就满足了。

然而青春期的少年不一样，不给他们撒野的地方，他们就趴在走廊上骚扰楼下的商店，最常见的是把橘子皮、粉笔擦、饮料瓶子往楼下扔。有一回居然还扔了一把雪亮的菜刀，砸在服装店门口，把塑料模特的脑袋砸掉了半截。私下里艾老师很高兴地看见从此以后不分冬夏，少了半个脑袋的模特永远歪戴着宽檐帽，帽檐压得低低的。

艾老师在这所学校待了八年了。八年来，他时不时地就冒出辞职的念头，又时不时地打消。生活并不天真，也不美好，那些都是童话——再说了，看看这些少年，你就知道天真美好这种说法是多么可笑。艾老师自从当了老师之后，惊讶地发现学生不是鬼鬼祟祟，就是懵懵懂懂。他们大半直到下巴长了绒毛，脑袋里还是糨糊，浑身散发着荷尔蒙过盛的味道。这完全超乎他的想象，他自己当学生的时候，曾经以为孩子单纯而无辜，大人才是社会的祸害。到了当老师，他换了个立场，才发现自己当初只掌握一部分的真相。他的学生在他眼里，全是些力气疯长，心智不全的残疾人，他们总觉得世界都欠自己的，每一秒都能冒出无数个坏主意，成群结党、惹是生非，生怕没人肯多看自己两眼。

沙坑挺小的，助跑的跑道也不够长。但对艾老师来说够了。他一铲一铲地铲下去，沙子渐渐松软。他颇为遗憾地想，要是体力够好，有足够的力气把深处的沙子也都铲一遍就好了。一般上面的沙子松了艾老师就住手了，感觉自己锻炼了身体，坚强了意志。就算顽劣的学生故意在沙坑里打滚，想方设法把沙子立刻压实，他也不生气。

上课铃响了。几个上美术课的学生背着画架过来了，笑容怪异，窃窃私语，艾老师习惯了，知道自己一抬头，学生就会推推搡搡地齐声说："艾老师早！"他早就习惯了学生乃至老师们都用这样的眼神打量他，特别是他蹲在沙坑前，花三五个小时清理沙子的时候。不过，他有一个好伙伴。就快退休的副校长多年如一日，每天上班第一件事就是乐呵呵地拿着大扫把，从校门口扫到厕所前的小路；要是天气燥热，还会耐心地一壶一壶洒水，从不使唤别人，就自己孤身苦干，除开暴雨大雪的天气，从不间断。艾老师来学校工作八年，也就看了副校长扫了八年的地。他偶尔也会陪副校长扫地，偶尔的陪伴副校长并不拒绝。后来，副校长也偶尔陪他铲铲沙子，他们合作得很愉快。

这时候的学校最安静，如果没有气急败坏的老师把学生赶出课堂，或者一群激素上脑的学生把老师轰跑了的话。艾老师在这片刻的宁静之中感觉相当愉快。这一会儿没到体育课的时候，寂静的空地上落满了阳光。风驱散了清晨的雾气，空气里还残留了一点点湿润的水分。通往厕所的小径两边，阴影下的植物在一阵阵低空飞行的风中瑟瑟作响。化学老师抱着教案穿过黑压压的走廊，进了实验室，那是一间全校最大最明亮最闲适的房间。

曾老师觉得化学老师最幸福，他有全校最漂亮的办公室，午休可以躺在实验桌上睡觉；喝茶不用买杯子，每天换一个没用过的试杯泡不同的茶，搭配不同的造型。他追求曾老师的时候，买了一套化学试管、试杯，她用颜料泡了各种花草再晒干，放进试杯。这些五彩缤纷的瓶瓶罐罐当时就摆在她的窗台上。现在不知道是不是已经扔了，没扔也落了太多灰了吧。

艾老师蹲在一堆高高的黄沙前，扒出混在沙子里的绿色或透明的碎玻璃，脑子里在背书：黄沙是岩石风化而成的松散颗粒混合物，最常见的是石英、长石和云母片以及其他矿物和黏土杂质，质地好的黄沙沙粒粗，因为含泥率低而呈现金黄色；质量相对差的沙粒细，因为含泥率较高而呈现灰黄色。

学校的沙子质地显然不太好。沙粒细，整体呈灰黄色。

咣当，美术室的门开了，一个拎着长棍的男生走了出来，眼神扮得恶狠狠的，走路一摇一摆，或许他认为这叫大摇大摆也未可知。曾老师在后头，她伸手撑住了门，站在台阶上看着这个学生的背影。

男生径直朝艾老师走了过来。曾老师远远地冲艾老师笑了笑，掩上了门。

这个男生在学校附近的街区都小有名气，手下有一批学生或者退学的打手，终日忙着敲诈勒索。校长一直想找机会开除他，但永远有人替他顶罪。哪天他百忙之中，抽空到学校来上课，师生都难免恐慌，如同有一颗不定时的炸弹冰凉地贴着脚面。

艾老师继续低头铲沙。

男生到了他面前，拍了拍他的肩："小艾，有烟没？"

艾老师摸了摸口袋："在办公室。"

其实就在口袋里。

男生横眉立眼地盯着他看，半天开了口："小曾的男朋友是谁？"

"你说曾老师？我没见过她的男朋友。"

男生提起棍子，顺着胳膊转了两圈："老子要把他脑袋打下来。"

"……为什么？"

"这还用问为什么，读书把脑子读坏了吧？"男生嗤之以鼻，扬长而去。

艾老师扔下铲子，从沙堆里拣出来一根铁钉。上个月不知哪一位把酒瓶子敲碎，用水泥把碎玻璃拌成球，埋进了沙堆。初一学生跳远练习的时候，一个女生恰好滑倒在玻璃球上，后背刺伤，回家趴了十几天。这件事让他觉得整理沙子是一件大事儿，可以防止暗杀，保护生命。有时候，中学老师的职责，相当于狱警。

扬长而去的男生和一个迎面而来的年轻女人擦肩而过。艾老师看见男生回头上下打量年轻女人的步态。艾老师暗自叹息，哎，这荷尔蒙闹的。

年轻女人背着硕大的黑色背包，头发高高盘在头顶，深红的背心，蓝色牛仔裤，黑边眼镜。不是学校的。她的形象离学校生活太远了。男生还在频频回头，大约是看她露出来的双肩。

艾老师琢磨是不是出了什么事儿。

女人走到他面前停下脚步，浮起客气的微笑："艾老师吗？"

他站了起来，手上粘的全是沙子，顺便在裤子上抹了抹："我是……你是？"

"我叫阚晓于。是这样的，快教师节了，我们报社打算做一系列学校的专题……"

"……你找校长吧，她就在楼那头的办公室……"

"我会去的。全局以外，总得有点细节。咱们随便聊聊吧。"女记者的手伸进包摸索，半晌掏出烟来娴熟地点上了，"抽烟吗？"

"不了。谢谢。"他拎起铲子想，赶紧去校长室吧，校长早就拟好了稿子，稿费还归你，多便宜的事儿，你在这里浪费什么时间。

"学校很小啊，艾老师……学生的活动空间够吗？"

"可以去区体育馆，步行二十分钟就到了。学生常常去。"他聪明地回答。这个答案是从报纸上看来的，另一所学校的校长说的。

"这样啊……艾老师，你在学校待了不少年了吧？"

"差不多八年了。"

“对你的学生，你都了解吗？”

“了解这事儿，太深奥了。有一定了解吧。”

阚晓于笑了：“……有个叫初蕾蕾的，退学前是你班里的学生吗？”

艾老师疑窦顿生，放缓了拨弄沙子的手：“怎么？”他抬头看着这个叫阚晓于的记者。

阚晓于四处张望着，似乎很随意地问：“她为什么退学的呢？”

艾老师慢吞吞地再次拍了拍手上黏着的沙：“初蕾蕾想退学，她妈妈不同意，她就自己逃学，我们夹在中间，支持不了，反对不了，管不了。算是退学了吗，她好像也没来办正式手续。可能是长期旷课，只好开除了吧？或者也没开除？”

有那么一会儿，叫阚晓于的记者只是看着他挖沙子。沙子里挖出一板过期的避孕药，他赶紧又埋了起来，不想让她看见。

“……初蕾蕾的妈妈……”她忽然又说话了，“我见过了。”

他住了手：“你到底有什么事儿？初蕾蕾怎么了？”

初蕾蕾的妈妈。那个让人印象深刻的人物。她拿了一本被改得面目全非的成绩单来学校，尖叫、嘶吼，非说她女儿是三好学生，问学校为什么扣下奖状不给。她破口大骂，说了一堆他听不明白的土话，大致是说他迫害无辜，玩弄权术，是个超级阴谋家，而她的女儿，则是个永远不会出错的天使，聪明又善良。

他怜悯她，希望哄她高兴，于是找同事要了一张空白奖状，涂了送给她。他后来听说，这张奖状一直挂在初蕾蕾家的墙上。然后就传到了学生耳中，学生们追在初蕾蕾屁股后头羞辱她。挺长时间，初蕾蕾见了他就逃。也许就是因为这件事儿。也许他没能帮助她，反倒给她添加了更多的羞愧。可是，他能有什么办法呢。

“……你听说过吧，去年的毒品案，有个男孩给他的女朋友注射了毒品，还是重点高中的呢……”

“你到底在说什么？你究竟想说什么？”艾老师越听越觉得不对，打断了她迂回的说法。

阚晓于想了想：“……前天……初蕾蕾杀了她外婆。”

挖沙子的铲子怔住，艾老师愣了好一会儿才喃喃地说：“这样……”

他心如乱麻地继续挖沙子。

“初蕾蕾……平时在学校的表现怎么样？”

艾老师用力踩住铲子，扔了一大坨沙子出去：“平常吧。谁能想到呢……”

就在这时候，他们同时听到一阵喧嚣声，一起抬头往上看。

二楼的走廊上，教导主任把女儿拽出了教室。女儿哭着往后赖，被她妈拖着往前滑。这两人拉着扯着，激动地吵着，松手，别碰我，你跟我走，声音尖厉，步态艰难地下了楼，进了教导处，门被重重摔上了。随即，喧哗声消失了，校长也不知道从哪里出来的，四下看看，气恼地敲教导处的门。艾老师看着阚晓于皱着眉头，一脸的疑惑，赶紧解释说：“唉，教导主任和她女儿，是家事儿，家事儿……”

下课铃响了。校园的寂静顿时被种种惊天动地的动静打破了，一扇扇门啪啪开启，一群群少年从门里拥了出来，每层的走廊登时就水泄不通了。叫，笑，骂，砸，跑，跳……在无数难以形容的喧哗中，教导处的门无声无息地开了，门口的校长倒退两步，就是这个瞬间，那个女儿冲了出来，教导主任拿着一把长长的裁纸刀紧跟其后。

他们张大嘴，眼睁睁地看着她们朝着沙坑的方向跑过来。

喧哗声迅速地消失，仿佛只是几秒钟，学校就静了。大家都在屏住呼吸看。

他们也傻傻地看着，没看见那位男生拿着棍子又转了回来，他从背后凑到了阚晓于的耳边："喂，美女，你有烟！来一支。"

阚晓于吓了一跳，疑惑地掏出了烟，男生抽了一根："谢了！"他把烟叼在牙齿间，一溜小跑迎向那个正在逃跑的女儿，声嘶力竭地吼道："回头！回过头去！把你妈一脚踢回封建社会！回头！加油！"

走廊上的学生们立刻发出了呜呜啊啊的怪叫，咆哮、鼓掌和口哨响成了一片。

可是，那个女儿让激动的人群失望了。她跑不动了，抓住双杠倒在了地上。教导主任扔下刀，一把抓住女儿的头发要拽她起来。女儿尖叫不已，脑袋往双杠上撞。拎着棍子的男生没再加油助兴了，直接一棍子打在了教导主任的胳膊上。

上课铃响了。没有人回教室，也没有老师招呼上课，大家都傻在原地。艾老师有种五雷轰顶、天昏地暗的感觉，他听到了脑细胞噼里啪啦的爆炸声，疲惫地想，我想回家写小说。只是看着这一切的混乱时刻，他没办法放下铲子，就这么离开学校。

他回到家里立刻拉开了书架，在笔记本里翻找，从初蕾蕾入学以后的日期开始翻。

第一次提到初蕾蕾的笔记是这一篇。

2005 年 10 月 24 日 星期一 雨

学生下楼做早操，有人打闹，初蕾蕾被挤下了楼梯，摔肿了脚踝，我叫尤笑川帮我打伞，推着自行车把她送回家。回学校的路上尤笑川说老师她家太黑了。尤笑川的家长是电力局的。

隔了两星期，又有两篇。

2005 年 11 月 7 日 星期一 多云

初蕾蕾没来上课，去了她家一趟，她上周五就没回家。初蕾蕾的外婆不担心，说她可能和她妈在一起。老太太的脸像泥捏出来的，皱纹很深，老得很生动。

2005 年 11 月 8 日 星期二 晴

初蕾蕾返校。她说周末去爬山了，没和家长打招呼，在山上住了几天。

而后很长一段时间，没有任何关于初蕾蕾的记录。

他合上了笔记本。笔记既然是为防止遗忘，那么，大概记在本子上的，都是会忘记的事儿。

记忆仿佛不是这么告诉他的。

他记忆的开始，似乎是开学后的某个周末，他和女朋友在菜场，女朋友讨价还价的时候，他冷不丁一回头，撞见一张准备了很久的笑脸。这张脸的眼睛是小心翼翼的，嘴角的笑纹似乎已经僵滞了。在这样的地方碰到学生，他看着自己不修边幅的大短裤尴尬地笑了笑。

初蕾蕾那会儿坐在一个卖鱼的中年女人身后，大约比他更为尴尬，后背僵直，身体前倾的样子，仿佛随时打算站起来鞠躬似的。他招呼问："你怎么在这里？"她立刻站起来，像回答课堂问题似的："老师，我妈带我来的，她去要钱了，叫我在阿姨这里坐一会儿等她。"卖鱼的中年女人似笑非笑地补充了一句："哎呀，是老师呀。她妈妈找人去要打麻将赢的钱了。"

这真的是最早的记忆？还是时间已经混乱了？

他放下了笔记本，看着房间。工作用书扔出去吧，清理桌面，只留几本自己真的需要的书。床挪个位置？衣柜也搬出去。也许应该给女朋友买一台电脑，这样他们就用不着抢电脑了，她在床上上网，他在书桌前写作。不错。

他整理得汗流浃背，扔了一堆东西在过道上。

"行了，别收拾了，先吃饭。"女朋友笑眯眯的，显得分外高兴。她大概以为他收拾房间是因为体贴她。女人总是擅长把发生的一切都想到自己的身上。

"好吃吗？"

"好吃……如果不是这么咸的话。"他把话故意拖长。

她也就配合地扮出撒娇的笑容："不行，你得吃完。"

他真的听她的话，把菜全倒进了碗里。

女朋友神秘地看着他，眨眼睛，笑。

他觉得这笑容有些许微妙，不对头。

他突然生了疑虑，点了一根烟，想到底有什么不对。

她说："最后一根烟了喔。"

"为什么？"

"……我怀孕了。"

他的心仿佛被重重一击，某些回忆飞溅了出来，一幕接着一幕。女朋友甜蜜的脸消失不见，出现的是沙坑里的避孕药……化学实验室的瓶瓶罐罐……拎着棍子的学生……初蕾蕾的外婆，皱得如同泥土般的脸……清晨的光线下，扫地的副校长……教导主任在操场上扇她女儿的动作是那么快……还有，扔在过道地上的教案……那个陌生的阚晓于……

他看了地上的教案一眼又一眼，默默地站了起来。

随着他的表情、动作，女朋友明朗的笑容渐渐变得僵硬："……你不高兴了？"

"……没有，没有的事儿……就是……没准备好……"

"准备什么？领张结婚证，咱们从此以后永远在一起……这要准备什么？"女朋友气呼呼地质问。

"……房子……钱……"他喏喏地回答。

"咱们一起呀，一起买房，一起赚钱，一起养孩子！"她雄心勃勃。

他把烟掐灭在吃了一半的饭碗里："……我继续收拾，好好想一想。”

她站起来，哗啦碰倒了椅子，带着哭音：“你这是什么意思？”

他回到走道里，把一本本扔掉的教案捡起来，抱在怀里，打算重新放回房间。怀里的书沉甸甸的，就像他并不遥远的未来。

女朋友睡着了，艾老师却醒了。刚才睡得平静，一点梦也没有。本是应该能睡到天亮的，奇怪的是，天还黑着，他就醒了。他看着她熟睡的面孔，感觉到她身体的温暖，心里空空的。

他悄悄拧亮了台灯，从抽屉里翻出一本存折来。这本存折有他的全部存款。五万块。本来，辞职的话，五万能抵挡一段时间的开销。现在，付房子的首期都不够，何况，起码还有几十万分期付款外加利息在等着他。这还没算上装修、生活费，以及孩子出生后的种种花销。

他安静地把电话线拉到了阳台上。

哥哥的声音睡意蒙眬：“……怎么，几点了啊？”

“两点半……”他看看表，把话咽了下去，“算了，不重要，你继续睡吧。”

“你有事儿就说……”哥哥的声音还是哑哑的，不太清醒。

“也没什么……就是想换份工作。明天再说吧。”

“哦……换工作呀……谨慎。明天再说吧。”

他把话筒搁回去，摸索着穿好了衣服。她还在睡，翻了个身，抱住了他的枕头。他轻手轻脚，把笔记本胡乱塞进了购物袋，摸黑出门，没有敢开灯。

两条穿着红马夹的小狗，嗅着路往前颠颠地跑。狗主人是个穿了一套红色运动服的中年女人，正在路灯下做健身操。

两条没有狗证的狗，只能晚上出来溜达。狗主人冲他笑笑，他也笑笑。这个时刻在门外的人，做的都是白天不能做的事情，彼此的眼神都是那么心领神会。

大门口的路灯亮着，保安打了一个哈欠，掩住嘴，随即放下手，力图掩饰面容的疲惫，挺直后背注视他。

走出大门的瞬间，他并不知道自己该到哪里去。但身后保安的目光让他毫不犹豫地朝上班的方向走了。

昏暗的路灯光线洒在半空中，陡然扩散的夜，无所不在的沉默，悄悄地往心脏里挤压，又往空气里散去。他从来没有这个时分走过这条路。同一条路，白天和夜晚居然如此不同。夜色隐去了一切细节，只留下宏大的、沉重的轮廓。他仿佛化在了空空的街道上。

先是吱呀吱呀的艰涩响声，然后，艾老师看见一对中年夫妻，男人坐在花坛边，女人慢慢地踩着跑步机。他想和他们说话，愿望强烈。但是，他匆匆过去了，装出赶路的模样。他可以问他们的日子是怎么过下来的吗？你们有没有过不切实际的梦想？他一口气走过了三个街口，一抬头，发现自己站在了立交桥底下。水泥几乎盖住了整个天空，四周都是巨大的桥墩。他在桥墩间穿来走去，发现自己迷路了。

曾老师衣着不整地开了门，指了指客厅的沙发，就钻进房间缩到被子里睡过去了。艾老师在沙发上翻来覆去，天亮才渐渐睡着。

醒来的时候，曾老师已经不见了，只留下一张字条：我替你请假。

他在曾老师的家里打着转。和以前没什么区别。空荡荡的客厅，空荡荡的卧室，没有通常女孩子会喜欢的花花绿绿的小装饰品。而那些烧杯和试管，依然整齐地在窗台上排成一行，花朵已经褪了色，瓶子的颜色也不那么透明了。

大概是三年前，那时候，他还没有认识现在的女朋友。曾老师拒绝了他的追求，而某天的单位聚餐之后，送曾老师回家的机会，他借着酒劲儿上了楼。

他翻了一下床头的抽屉，并不意外地发现了他知道的东西。也意外地发现了他不知道的东西。堆放在一起的厚厚好几本相册，他全搬了出来，一本一本地翻。曾老师小时候，扎着两只冲天辫，仰着脸呆呆地看着镜头。曾老师妈妈小的时候穿着西式小洋裙，一层层精致的纱和花朵堆在肩头和裙摆，站在一对穿着体面的西装和旗袍的夫妻腿之间，腼腆地半蹲，行屈膝礼状。曾老师爸爸最早的形象，是和她妈妈的结婚照。两人穿着黄军装，头戴军帽，嘴角倾斜，两眼发直。

他最喜欢的是曾老师少女时代的一张相片。压了薄膜的照片已经发了黄。可能是在树林里，背景有模糊的树影，少女曾老师穿了一件那年代常见的大棉袄，眼神茫然地望着镜头，头发被风吹得一缕缕翻飞。这一抬头的茫然，仿佛指向了空荡荡的过去，或许未来。他想着，自己家也有两本旧相册，怎么从来没想起来要翻呢。看见许多人一生的变化，似水流年，是多么怅然若失。

艾老师从购物袋里倒出了笔记本。

2006年3月2日 星期四 晴

早晨第三堂是作文课，题目是《一件小事》，任勇把初蕾蕾的课本抢过来扔给我。她的书每一页都画满了小人、房子、花花草草。见我翻她的课本，她的脸吓白了，我把课本还给了她。第四堂课，我看见她其实还在画画。下课交作文，我特意先看了她的作文。她的作文写的是外婆让她去买油，她忘记要找的钱就走了，外婆问她要找的钱，她才想起来，回去找营业员，营业员说不记得了，所以回家挨了外婆的骂。这桩小事告诉她，粗心将来只能当营业员。

艾老师去年在教室的后头放了一排旧书架，告诉学生说这排书架就是班级的图书馆，谁愿意和其他同学分享自己的好书，都可以放在这个书架上，用标签贴上自己的名字，让大家都知道是谁做了好人好事，但不许把别人捐给班级的书带回家。

其实，他根本没留意同学们都放了些什么书，没过多久，有学生检举说某个雨天，没有家长来接的学生留在教室里，亲眼看见初蕾蕾偷了班级图书馆的书带回家。他把初蕾蕾叫到办公室，她承认了，还了四本漫画书。他把这四本书放在讲台上，一本本地让原主人认领，然后问，还有吗？还有谁的书丢了？大概三五个同学举起手，说他们的书找不到了，这回初蕾蕾不肯认罪了。也正因为这些事儿，班级的图书馆解散了，大家把自己的书都拿回家了。

也是因为这事儿，他带着初蕾蕾去找曾老师，曾老师欣赏了初蕾蕾课本上的画后，问初蕾蕾愿意不愿意学画，让她考虑考虑。出了门，艾老师问初蕾蕾怎么想。初蕾蕾回答，我家没钱，我不学。于是就这么不了了之了。

曾老师到家的时候，艾老师已经做好了饭，曾老师没问他为什么来找她，他也没说自己打算住多久，他们自然地一起吃完了饭，仿佛生活在一起很久的夫妻。

曾老师并不意外地问他："你知道初蕾蕾的事儿了？"他看着曾老师，曾老师也看着他。

"你怎么知道的？学校都知道了？"

曾老师说："都知道了，报纸都登了。照片虽说打了马赛克，谁都认得出来。还有电话打到校长室，想采访学校。校长想找你来着，你手机关了，还问我你得了什么病。"

"你怎么说的？"

"我说昨天你摔了一跤，腿瘸了，具体是骨折还是肿了，我说不知道。"

"她没怀疑？"

"我不知道她怀疑不怀疑。"

有一会儿，他们没再说话。吃完了饭，曾老师吩咐他说："最近有什么好电影没？你去看电影吧，十二点钟再回来。"

他走进电影院，里面空空的，只有后排一个人。艾老师想，他未来的小说，叫《死于华年》或者应该叫《来得正是时候》。放广告的时候，又进来两对情侣，在他后头窸窸窣窣地吃爆米花。他的小说，要浓缩生活给予他的一切，不管是希望还是绝望，理想还是幻想。这个愿望朴实无华，就像女朋友想把肚子里的孩子生下来一样简单。好些年了，这个要生产的念头，天天缠绕他、催促他，但他却不曾发现故事。直到阚晓于站到他面前，他突然觉得，百转千回的念头中，完整无缺的故事开始萌芽了。

他怎么也没想到，女朋友的肚子竟然也萌芽了。

情侣们欢快的笑声在头顶上炸开。

电影结束了。灯光亮了。他慢吞吞地站起身来，惊讶地发现坐在他前排的人，竟然拄着盲人棍。盲人棍碰到他的脚尖，稍稍犹疑，拐了个弯，嗒嗒嗒嗒地沿着步坡走远了。

溜达到曾老师楼下的时候，正好是十一点一刻。他想躺下来安静地睡一觉。但窗口还是黑的。他坐在自行车棚里，抽了两根烟，在树丛里走了一小圈，再回车棚时发现胳膊被秋后的蚊子咬了三个包包，一楼的人家正在呵斥不肯睡觉的孩子。他把手表贴在耳边，听秒针嘀嗒嘀嗒走动。怎么还不到十二点呢？

十一点三十八分，他等待的那间屋的灯亮了。第二根烟还在手上，剩了一半。剩下来的晚上不能抽。曾老师不喜欢。想到这里，他对这半根烟有点恋恋不舍了。他听着楼道里“咚咚”的脚步声，随即看到微弱的光线一路下来。

不知道是不是烟抽得太多，他的嘴唇干裂。一个身形矮胖的黑影从楼道里出来，他上车的时候，艾老师突然很想冲上去把他拽出来，痛打一顿，扔进车里，点上火，连人带车一起烧了。

不过是想想而已。

“你回来得正是时候啊。”

曾老师坐在沙发上看电视，披着一件薄薄的花衫子，很专注似的，没有看他。

“我在楼下等了一会儿。”

“哦。”曾老师随口问，“电影怎么样？”

“…… 不怎么样。已经忘了。”

“哦…… 你明天上班吗？”

“没想好。”

“想好告诉我。”

“好的。”他回答之后，两人就都不说话了。曾老师手里握着一把瓜子，忘记了吃，盯着屏幕看。他也就跟着看了。

这是一个讲述狼群生存的纪录片。荒凉的冬天，高山之上的森林里，两群狼比邻而居。一群的头狼一身雪白的长毛，只有耳朵是黑色的，怎么看怎么像一头漂亮的宠物雪橇犬。另一群的头狼乌黑发亮，不怒自威。鹿群在雪地里优雅地穿行，白狼带着兄弟们在树丛间守候，终于在鹿群中发现一头小鹿是受了伤的，落在了群鹿后头。白狼带着兄弟们，扑，围，追，咬，可是受伤的小鹿还是跑得太快太远了，血淋淋地倒在了黑狼群的领地。白狼冲了过去，兄弟们围在四周，紧接着，白狼听到了黑狼群的动静，白狼和它的兄弟们恋恋不舍地转了几圈，弃食而逃，一边跑一边恋恋不舍地回头张望……

艾老师说：“这种感情我理解，追了一路的食物，竟然躺在别人的盘子里……”

曾老师斜了他一眼：“这么凶的动物，还活得这么不容易…… 白狼长得真漂亮、真可爱，真想抱一抱。”

“你长得不是也挺漂亮？再说了，生活容易的，需要这么凶吗？”

曾老师翻翻眼睛：“睡觉！”

他们自然而然躺在一起，片刻温存之后，做爱。他有种彻底放松的感觉，每一块肌肉都像化掉了，成了一摊柔软的水，在床上、她的身上肆意流淌，毫无方向地自由奔流。在四溢的温暖的水流之中，他飘浮不定，欲走还留。

忽然之间，他被她叫回了床上：“你打算怎么办？”

“什么怎么办？”他一时没回过神来。

“终归是有什么问题才来我这里的吧？”

“可能是吧。”他嗫嚅地说，还不是很清醒，努力想明白自己到底有什么问题。

“……我跟你说过吗？我要结婚了。”

他开始清醒了：“还是那个当兵的男朋友？”

“是啊……下个月结婚。”黑暗中，曾老师轻轻地微笑，呼吸稳定。

“……你爸爸的病好了吗？”

“……或许熬不过这个冬天了。”

“……你还好吧？”

“没什么，习惯了。死了就轻松了。”

“我明白。”

“嗯……你也结婚吧。”

“这些事儿永远不要告诉他。”他突然觉得有必要叮嘱她。

“不会……你到底怎么打算？和女朋友吵架了还是怎么了？”

“……别担心，我待不了多久的。”

“那就好……困了，睡吧。”她翻了个身，松开了牵着他的手的手。

一切都静了，月光下的各种影子隐隐浮动。他做了没有故事的梦，梦里只有一群黑压压的人，每个人都薄得像影子，眼睛是洞，耳朵是洞，心脏也是洞，手脚缠着一道道松散的绳索。一个个或大或小的洞里，透出身后苍白的光线来。

2006年4月26日 星期三 晴

初蕾蕾旷课。下午第二堂课，她妈妈来学校，说学校扣了她女儿，要冲砸校长室，被几个老师一起架出了校门。

曾老师骑着自行车出来了。艾老师站在对面马路喊她的名字，她远远地看到了他。她身后的几个学生看见了他，指指点点地在说什么。

车流过去了，曾老师过了马路，略略惊讶地问他：“你怎么在这里？”

“我来接你。”

“哟……”她嗤之以鼻，没再说什么。

“请你吃饭吧，想吃什么？”

“你带了多少钱？”她玩笑地问。

“大概五万块吧。”

她难以置信地看看他。

“你想吃什么？”他重复了一遍。

“云南菜？你骑车带我去吧，我告诉你怎么走。”她跳下车，把自行车让给他。

后座一震，她跳上了车，随即搂住了他的腰，肩膀贴到了他的后背上。他带着她在车流中穿梭，听她的指挥。和她在一起，他觉得舒服。他觉得这应该就是爱，也许不是，他也不清楚。

然而他们彼此信任，这种信任兴许比爱情来得更昂贵。

以前，挺久以前，她就告诉他有两个和她在一起的男人常常给她钱。其他的，她不屑地说，只能算一次性交易。

她有男友，他们打算结婚，他没有多少钱，却也力所能及帮了她。

不过是生活。生活不容易。想到这里，他哆嗦了一下。车子打晃，曾老师在后面大声地问：“怎么了？”

他大声地回答：“没事儿！”

到了饭店，她先利索地跳下车，他锁上车刚想掀饭店的门帘，她匆匆忙忙一头撞了出来，神色紧张地拉他：“走，走……”

他不明所以，跟着她慌乱地跑，一气跑到了另一家饭店：“到底怎么了？”

“你女朋友。”她一摊手，嘻嘻地笑了，“她和几个女孩在里面吃饭。”

他们兴致勃勃地吃完，还剩了一大堆菜怎么也吃不下了。他搂着她的肩，她顺从地搂住他的腰，两人拉扯而又趔趄地出了饭店：“你还想喝咖啡吗？今晚没人来吧？”

“没事儿……要不咱们喝酒去吧。”他们坐上出租车，奔向一家酒吧。她要喝一种叫茴香酒的进口酒，说有法国小说里写这种酒是失恋的味道。但只喝了一口，她就不要了，说太难喝。

他们并不想说话。她喝了很多酒，脸色红喷喷的。他看着白的、红的、绿的灯光在她的脸上闪烁，觉得她美极了。

舞曲一首一首，换来换去。她站了起来，抓住他的肩使劲晃了两下，跳下走道，混进了舞池。她在舞池里，通红的脸色像血管就要爆炸，浓烈的灯光飞快地绕着她打转，她也随着灯光打转。他头昏脑涨地想，我爱的是她，原来我爱的真的是她！他激动地想把世界掰碎，和她一起度过余生。他走上前去，抱住她，突然大哭起来。

他清楚地听见屋里有人走动，外头有人说话以及树叶拍打窗户的声音。他清楚地感觉到阳光晒在身上，仿佛轻飘飘地负了重。或许是有更重的东西压在了意识之上，抑或眼皮太厚了，阳光透不进来，他怎么也没法醒来，翻来翻去，又睡了很久。

真的醒时，天色暗得骇人，下了雨，雨水像一颗颗小导弹似的，噼噼啪啪的袭击屋顶、天棚和窗户，间或竟然还听到了小鸟啾啾的叫声。也许是错觉吧，他想，唉，全是错觉，分不清楚呀，分不清楚。他饿得前胸贴后背，到厨房里去翻东西，他妈妈听到他的动静，跑进来说：“你别乱翻了……到外面坐着去吧，我帮你热。”

“你睡着的时候，小田来了……我说你没在。”妈妈把饭菜摆在小桌子上，谨慎地观察他的脸色变化。

“哦。”他闷头吃饭。

“她说她怀孕了。”

“我知道。”

妈妈熬的土豆茄子好吃，碗里的菜几乎都吃光了，米饭还没有动。小的时候，家里的饭桌上最常见的就是这道菜。那时候，他和哥哥厌烦透了这土菜，巴不得到邻居或者亲戚家吃，觉得别人家的饭桌上肯定都有大肉大骨头——身在福中不知福，曾老师曾这么呵斥他。

回忆仿佛有点困难，有些内容已然空白，怎么也想不起来。她把他送的试杯噼里啪啦地扔出了门，干花和碎玻璃雪片似的落在水泥地上——其实他没想怎么样，只是想摸摸她的头发，好好说声再见……这是幻觉吗？她为什么这么愤怒，非赶他走不可？他不过说了一句爱，有什么可生气的？

“……你倒是说话呀，你打算怎么办？要结婚的话，家里还有点钱，也不多……小田想卖了旧房子，买新房子。孩子生下来，我可以帮你们带……”

“……那就这么办吧。”

“……就这么办？”妈妈欣喜若狂，水汪汪的眼睛满是憧憬地盯住了他。

“对。就这么办。”他坚定地说。

艾老师对沙子的研究，进入了高潮。他听说有一种白沙，比黄沙松软，吸水率也低。他想把学校的沙子都换成白的。可是，他在市场上只找到一种白沙，很细很碎，看上去也很漂亮，只是，但凡一翻动，白雾就阵阵飞扬。他怀疑这是一种工业用沙，有可能引发尘肺。他去问副校长，副校长挥着大扫把，耐心地听完他的话，摇了摇头："我把地扫干净，你把沙子筛干净，就不错啦。"

"换一种更好的……"他还没说完，副校长就打断了他，"不要换，不要换，什么也不要换，再好也不换。不要变，变就有风险，后果难以预测呀……打扫干净就好了，够好了。"

艾老师忙着钻研沙子的时候，曾老师忙着准备结婚。她提着大包小包穿过操场，好几回被拦在半路上，打开包裹展示幸福。她的幸福是大红的剪纸、昂贵的香水、透明精致的化妆品、抖开的丝绸旗袍……艾老师会在沙坑里远远地看上几眼。他仿佛刚刚发觉，原来她的幸福和小田的幸福并无不同。她们在人群的包围之中，笑起来的样子都那么相似，仰着脸，抖动头发，眼神发亮。

长兄为父，哥哥和妈妈一起拎着礼物去见小田的父母。小田的父母热情地招待了他们。四位家长商量的结果就是，因为怀孕，礼节能省就省，要紧的是，赶紧去领结婚证，办妥出生证。至于仪式么，两家请上熟悉的亲戚、同事吃顿便饭，庆祝庆祝，顺便收回以前参加婚礼支出的红包。还有，最重要的是，买一套位于两家中间位置的房子，便于三方互相走动。四位家长一想到孩子将出生在崭新的房子里，都很高兴——但买多大的房子，两位妈妈的意见有了分歧，他妈妈想的是尽量减少负担，就说两个房间就够用了，大人一间，孩子一间。小田的妈妈不高兴了，说自己过去照顾孩子的时候，不和别人凑合用房间，少于三室的房子实在太没诚意了。

没诚意。这句话立刻打动了他。他看看威严的丈母娘，急切地想说话，可是，小田立刻拧他的胳膊，用眼神警告他闭嘴。

他发言的愿望熄灭了。家长们继续商量房子怎么装修。丈母娘说，她喜欢木床。哥哥说，他就在家具厂工作，木头没有问题。丈母娘说，什么木头合适，隔天我去看看。哥哥连声说没问题，一点没有问题。

日子在忙忙碌碌的准备中一天天过去，他的心中藏了一种暗暗的动力。这隐隐躁动的潜流让他放弃了做决定的想法。买房子，就家长们跑跑看看，然后想办法凑钱吧。想要什么，家长们决定了就去买吧。他不关心，一点都不关心。

他每天期待的，就是婚礼的当天。到了那一天，他当然会邀请同事曾老师参加婚礼。曾老师步入他的婚礼现场的那一时刻，在他的想象中，已经重复了千遍。

“曾老师，教美术的，你见过的。”

而曾老师在盛装的小田面前，必然会流露出礼貌的微笑：“新娘子漂亮啊。”

未免遗憾。

“曾老师，你来了？”

“当然要来的，艾老师。”曾老师笑着看看他，再看看小田，仿佛百感交集。

太过意犹未尽。

“你终于来了，我以为你不来了。”

“为什么？”她开心地看着他们，“你们也一定要来参加我的婚礼啊。”

简直一言难尽。

“终于等到你了。”

“你在等我吗？”

“是的。我一直在等你。”

“……我马上要走了。我……先生在楼下等我。”

破碎成灰。

他不断地沉浸在这个场景的无数种可能性之中，觉得这次的历史性会面一定很有仪式感……

而这样的仪式感，从此确立了他们关系的另外的微妙，这种微妙终将持续一生。

然而事情并不是这样发生的。

事情是这样发生的。

一天早上，他从办公室里出来准备去上课，校长路过他身边，一边马不停蹄地往前走，一边顺便回头对他说：“曾老师放婚假了，你们班这半个月的美术课改成自习吧……”

他心不在焉地上完了课，一下课就往厕所跑。当然不是想上厕所，只是去厕所的时候会路过美术室。隔着灰蒙蒙的玻璃，他看见空荡荡的美术室，支起的画架上还有一张未完成的校园风景水彩画。角落的藤条躺椅，脚凳上还搁着她的水杯，细细长长的，很像盛放胎儿的试管。

他脚下没停地往厕所走，心里想，哦，去你的吧，我也要结婚了。

图书在版编目（CIP）数据

一条名叫幻灭的鱼 / 张小意著. —南京：译林出版社，2016.6

ISBN 978-7-5447-6284-7

Ⅰ.①一… Ⅱ.①张… Ⅲ.①中篇小说－小说集－中国－当代②短篇小说－小说集－中国－当代 Ⅳ.①I247.7

中国版本图书馆CIP数据核字（2016）第071306号

书　　名　一条名叫幻灭的鱼
作　　者　张小意
责任编辑　韩继坤
特约编辑　宗珊珊
出版发行　凤凰出版传媒股份有限公司
　　　　　　译林出版社
出版社地址　南京市湖南路1号A楼，邮编：210009
电子信箱　yilin@yilin.com
出版社网址　http://www.yilin.com
印　　刷　北京旭丰源印刷技术有限公司
开　　本　960×640毫米　1/16
印　　张　14
字　　数　152千字
版　　次　2016年6月第1版　2016年6月第1次印刷
书　　号　ISBN 978-7-5447-6284-7
定　　价　36.00元

译林版图书若有印装错误可向承印厂调换